SOB OS PÉS, MEU CORPO INTEIRO

MARCIA TIBURI

SOB OS PÉS, MEU CORPO INTEIRO

1ª EDIÇÃO

EDITORA RECORD
RIO DE JANEIRO • SÃO PAULO
2018

CIP-BRASIL. CATALOGAÇÃO NA PUBLICAÇÃO
SINDICATO NACIONAL DOS EDITORES DE LIVROS, RJ

T431s
Tiburi, Marcia
 Sob os pés, meu corpo inteiro / Marcia Tiburi. – 1ª ed. – Rio de Janeiro: Record, 2018.

 ISBN 978-85-01-11455-6

 1. Romance brasileiro. I. Título.

18-48220
CDD: 869.3
CDU: 821.134.3(81)-3

Meri Gleice Rodrigues de Souza – Bibliotecária CRB-7/6439

Copyright © Marcia Tiburi, 2018

Todos os direitos reservados. Proibida a reprodução, armazenamento ou transmissão de partes deste livro, através de quaisquer meios, sem prévia autorização por escrito.

Texto revisado segundo o novo Acordo Ortográfico da Língua Portuguesa.

Direitos exclusivos desta edição reservados pela
EDITORA RECORD LTDA.
Rua Argentina, 171 – Rio de Janeiro, RJ – 20921-380 – Tel.: (21) 2585-2000.

Impresso no Brasil

ISBN 978-85-01-11455-6

Seja um leitor preferencial Record.
Cadastre-se em www.record.com.br
e receba informações sobre nossos
lançamentos e nossas promoções.

Atendimento e venda direta ao leitor:
mdireto@record.com.br ou (21) 2585-2002.

Para as minhas irmãs.

Mesmo quando presas pelos fios grossos disso que, sendo a matéria da vida, nos amarra ao chão, as coisas pesam é no ar. Soltas na matéria da duração que é o tempo, elas pesam é fora do tempo.

H. S. Borges

1

Durante anos, pensei em visitar o túmulo em cuja lápide aparece meu nome, Alice de Souza, nascida em 3/12/1953, falecida em 6/4/1972. É meu aniversário, e a caminhada quase habitual da praça da República até o apartamento no edifício Copan, onde eu passaria o resto do dia com a televisão ligada sem som algum e dormiria lendo um livro qualquer diante dos fantasmas da tela, será estendida até o bairro do Pacaembu. Um trajeto incomum até mesmo para mim, acostumada que estou a caminhos incomuns. Meu tempo pode ser gasto a atravessar quilômetros, milímetro por milímetro dessa cidade esfacelada, até a morte.

Que meu trajeto termine no cemitério, onde acaba a aventura humana quando se tem a sorte de não acabar ainda pior, tem algo de um trocadilho e, ao mesmo tempo, é uma potencialidade a ser levada cada vez mais a sério. Morrer na rua das grandes cidades, na guerra de todos contra todos que se intensifica a cada dia, é mais do que uma mera probabilidade. Na guerra entre bandidos e polícia quando já não se sabe mais quem é quem, nessa guerra comum em megalópoles gangrenadas, há certamente menos conjecturas a fazer do que balas perdidas. Mesmo assim, tomadas por alguma espécie de dúvida quanto ao sentido da vida que ajuda a suspender o medo, as pessoas andam por aí, como eu nesta tarde de ventania.

É certo que, mais cedo ou mais tarde, todos os caminhos levam ao cemitério, digo para mim mesma enquanto procuro um modo de encurtar o trajeto. Viver e morrer são dois lados da mesma moeda que é o tempo, não posso deixar de pensar. O corpo morto de São Paulo, as ruas enfartadas e a sensação paradoxal de ir devagar para chegar antes é o que me vem à mente. Apesar de dezembro, faz frio e a atmosfera cinzenta combina em tudo com o passeio.

Respiro o ar pesado tomada por essa questão de tempo que é a vida e, por isso mesmo, dona da minha própria duração, sem medo, sem nada a perder, sigo convicta do rumo escolhido. Mais de um ano sem chuva, diz uma vendedora de panos de limpar chão para a outra que, sentada ao pé do muro, pede esmolas. Eu penso em quem poderá querer panos tão brancos em uma cidade feita de fumaça. São as ilusões que se vendem, não as coisas, me diz uma delas. Um ciclista atravessa a ciclovia com uma máscara de gás. Mais uma mulher, três cachorros encoleirados e um filhote de porco no colo, faz sombra a uma outra, grávida, a pichar dizeres incompreensíveis e flores coloridas que já não existem na realidade, no muro de um condomínio cercado, desses que dão a impressão de serem mais seguros do que outros. Não demonstram preocupação alguma com o pior dos mundos a ser conhecido assim que a polícia levá-las para a prisão, uma por pichar o muro, a outra por ser sua cúmplice. Eu me pergunto por que estará grávida em uma época como essa quando já não se pode convidar ninguém a participar desse mundo.

Penso nas pessoas que ainda querem ter filhos e me arrepio. O shopping Higienópolis, ocupado por pessoas que antes moravam nas ruas, inclusive crianças, mantém uma loja do Starbucks no térreo como se nada de diferente tivesse acontecido. A elegância cafona das lojas deu lugar a acampamentos. As paredes estão pichadas, as escadas rolantes, paradas. Dos banheiros, um cheiro de esgoto insuportável. Tapo o nariz enquanto compro uma garrafa de água por um preço bem mais alto do que a intensidade da minha sede. Os guardas do café que impedem a invasão dos famintos têm metralhadoras às mãos e permitem a entrada de quem está, segundo as regras que eu desconheço, adequadamente vestido. A água é quase tão cara quanto aquela que ainda nos chega pelas torneiras direto do volume morto do reservatório estadual que o governador, o corpo tomado por um tipo de câncer desconhecido da ciência, administra enquanto bebe um copo cheio de uísque para esquecer a conta dos dias que lhe restam.

Absurdo, falta de lógica, eu diria pouco tempo atrás quando não havia percebido que a cidade é um organismo vivo que a tudo se acostuma. É dia e é tarde, o sonho com uma represa de merda, cadáveres envoltos em gaze espalhados pelas ruas e a criança enforcada ainda me vem à mente. Eu me pergunto se é fraqueza de espírito ou se algum tipo de sorte é que me levará para casa mais tarde e me fará dormir nesse contexto de intranquilidade.

É minha primeira vez no cemitério do Araçá e, com sorte, guiada pela paciência que trago comigo há décadas, essa paciência de quem se apega à esperança de que haverá tempo, chegarei ao meu destino passo a passo e sem muito esforço. Não é sem estranhar que digo isso, considerando que é o meu nome que lerei anotado na pedra daqui a minutos. Ando sem pressa pelas vielas internas dessa cidade, a cidade dos mortos dentro da cidade dos vivos, sem que ninguém, além de seus moradores eternos, esteja por perto. Às vezes um funcionário atravessa os corredores, cogito conversar com ele, pedir informações e economizar o tempo da busca pelo túmulo que posso chamar de meu. Eu poderia descobrir, no diálogo com o coveiro, aspectos interessantes dessa cidade silenciosa situada dentro da cidade maior, a cidade barulhenta onde vivem os que um dia estarão mortos. Me constrange atrapalhar o trabalhador da morte com minha curiosidade de pessoa viva. Essa curiosidade característica de quem ainda ocupa o lado de cá na geografia do tempo. Ao pensar que a economia de tempo e a impaciência são um problema dos vivos, me assusto com meu próprio pensamento, busco o caminho e sigo já do lado de dentro do cemitério a procurar esse espaço, como se a ideia de um lugar tivesse sido interrompida. Há uma brisa de ironia que melhora o meu passeio.

Encontro o túmulo de Cacilda Becker e paro a contemplá-lo. Cacilda, por algum motivo, me é tão familiar, e eu agradeço ao deus do acaso por tornar minha visita menos inóspita.

Há pessoas que, ao visitar um museu, evitam chegar imediatamente perto de um quadro que se deseja ver mais do que qualquer outro. Lembro quando fui a Amsterdam para ver *A leiteira* de Vermeer e de como evitei chegar de uma vez à sala onde estava o quadro. No meio do caminho, um retrato de Van Gogh me ocupou por mais de uma hora. Agora no cemitério, como daquela vez no museu, quero ganhar tempo. Verdade que parte da falta de pressa é vontade de não chegar. Não me engano quanto ao medo do impacto sob o qual sempre há igualmente a chance de alguma decepção.

Paro para ler a lápide do túmulo de Cacilda Becker. Não posso deixar de me impressionar com sua morte precoce. A data de seu nascimento coincide com o dia da minha morte e isso me toca de alguma maneira. Ouvi falar que ela morreu em cena, e não é difícil concluir que a atriz fazia o que mais amava fazer naquele momento limítrofe da vida que de vida não tem quase nada. Uma lâmina de inveja atravessa meu corpo, causa um arrepio proporcional à miséria do sentimento que percorre o momento. É no intervalo de *Esperando Godot* de Beckett, até onde sei, que Cacilda se sente mal. Assisti algumas vezes a essa peça, na verdade, foi a única peça de Beckett que vi em toda a minha vida. Tento lembrar do texto. Estragon e Vladimir, o menino avisando que Godot não vem. Os pais dos protagonistas não se tornam nítidos para mim.

Pensando nesses seres do outro mundo a meditar sobre a brevidade da vida como faço agora, levanto os olhos na direção de um túmulo bem próximo, praticamente ao lado daquele onde Cacilda está enterrada, não fosse separado dele por um terceiro túmulo, e vejo que não estou sozinha.

Contemplo a cena à espera de que a imagem se desfaça ou de que a pessoa, caso seja de carne e osso, se retire de uma vez. Vendo-a arrancar ervas daninhas que crescem ao redor do túmulo nessa época em que todas as outras plantas que poderiam existir já secaram, percebo seus trinta e poucos, talvez quarenta anos, os densos cabelos negros como eram os de Adriana e sua mesma estatura. Ela deposita um ramalhete de rosas de plástico sobre o túmulo. Eu me aproximo sem fazer barulho, certa de que fantasmas são fugazes, pelo menos os que vi ao longo da vida. Me surpreendo ao ver que ela contempla com uma expressão séria o túmulo que eu mesma procuro. O túmulo que, de algum modo, é meu.

Há algo de solene, a cena tem um véu de ritual. Devo respeitar a particularidade da situação, mas a curiosidade voa como um pássaro enlouquecido através da noite com a qual se confunde o seu bater de asas. Traz a vida passada de volta como uma mistura de cenas indiscerníveis. Petrificada em meu ser inteiro, questiono quem está ali enquanto eu mesma estou aqui.

Talvez eu me aproxime demais, olhe demais. É ela, no entanto, que pergunta quem sou, atingindo com sua questão meu corpo morto a boiar na água parada do desamparo. Tento ocultá-lo ao permanecer quieta. Acredito estar escondida na contemplação desse terceiro túmulo, em cuja lápide em forma de pirâmide não há qualquer inscrição. Esse apagamento dos nomes dos mortos é o que há de mais sinistro, eu digo, um pouco desorientada e sem esperar resposta. Evito que ela note meus olhos a escaparem em sua direção enquanto finjo que não ouço a pergunta que ela me faz. Seu olhar sobre mim me obriga a dizer alguma coisa. Digo que me chamo Lúcia e desconverso ao falar que visito o túmulo de uma amiga. Aponto para o de Cacilda Becker, transformada imediatamente em cúmplice. Pergunto também qual é seu nome como quem, de algum modo, em uma simples apresentação, pudesse disfarçar o pasmo diante de um rosto tão familiar. Com a firmeza de quem se esforça por produzir a máxima impressão de paciência em um mero ato de fala, ela me responde: *Betina*.

Betina. Eu repito, esperando que a palavra me traga para a realidade. Sem saber o que dizer e muito menos o que fazer, devo sair sem falar nada, fingir que não sou brasileira e que não domino bem o português, ou que sou louca, e só o que faço é comentar que ela chama a minha atenção agora por se parecer demais com alguém que conheci há muito tempo. Sem prestar muita atenção em minhas próprias palavras, mantenho o foco na lápide de Alice que até agora não pude olhar direito, me sinto falando sozinha e, tomada pela impressão do absurdo, peço a Cacilda Becker que não me deixe só.

Aqui está enterrada minha tia Alice, Betina diz para si mesma como quem me deixa saber de um segredo. *Desaparecida na época da ditadura*, ela fala apontando didaticamente para as palavras e datas, a estrela do nascimento e a cruz do falecimento. *Descobri há poucos dias, conversando com pessoas que conheceram minha mãe e minha tia, que minha mãe está viva em algum lugar.*

Uma gota de suor frio escorre nas minhas costas. Betina não deixa de manifestar seu pesar ao completar, com ironia, ou será ressentimento, que *muita gente conseguiu fugir, como foi o caso de minha mãe, mas não de Alice. Ela morreu na tortura*, finaliza como quem se concentra para conseguir dizer o que diz. *Assassinada pelo Estado*, é a conclusão que abre o chão e me faz ver um abismo onde a infelicidade tem milhares de rostos que me olham e não me veem.

Emudeço de tal forma que tenho dificuldade de escutar o que ela diz a seguir. Tenho sede e não posso beber. Meu corpo inteiro está preso ao chão e as mãos não se podem mover.

Desculpe, Lúcia é o seu nome, não é mesmo, ela me pergunta. Então percebo os grandes olhos de Adriana sobre mim. *Esse é um encontro em família*, ela sinaliza como se eu atrapalhasse e, no tom irônico que desde aquele momento parece ser seu modo habitual de se expressar, insiste que, sendo um encontro entre elas, espera que eu entenda a gravidade do momento e, como quem conta com a inteligência alheia, não completa o argumento. Não quero parecer burra. Não quero ser invasiva. Meus olhos não me pertencem desde que a vejo. Não consigo me mover. *É um primeiro encontro*, chega a dizer de modo tão afirmativo quanto irônico, como se eu fosse capaz de compreender que devo me retirar. E, de fato, entendo o recado, ainda que não possa fazer nada. Percebendo que isso não aconteceria, é impossível para mim mover-me naquele momento, meus pés enraízam no solo desse mundo morto, ela se desculpa como quem desiste de um crime a ser cometido diante da estupidez da vítima e me pergunta o que faço ali, se por acaso eu conhecia Alice.

A perplexidade é uma cobra venenosa que eu tento dominar com as mãos. Minha tática para não ser picada é perguntar se ela pode me explicar melhor a pergunta que me faz. Que, na verdade, estou perplexa e um pouco abalada. Penso em Cacilda, a atriz que jaz junto ao túmulo de Adriana e me vejo, entre elas, também eu como a morta e a atriz, só que não estou morta e como atriz sou mais do que muito ruim, sou aquela a quem não restou papel na vida, apesar de ser a única sobrevivente. O túmulo com a bizarra pirâmide sem palavras talvez seja meu próprio e verdadeiro lugar no mundo, e estar viva talvez não passe, no meu caso, de uma alucinação, de um filme de terror. Betina pede desculpas por me contar o que me conta, alegando que é um momento importante para ela e que o fato de alguém testemunhá-lo a deixa como eu estou, perplexa e perturbada.

Peço desculpas pelo incômodo. Devo estar catatônica. Ela não presta muita atenção no que digo. Eu a convido a sair dali, pergunto se não se importa em conversar um pouco em outro lugar. Escurece e não é bom estar só em um cemitério, muito menos andar desacompanhada pelas ruas quando se é mulher em dias como os atuais, afirmo sem poder deixar de manifestar preocupação. Ela disfarça o constrangimento seja com minha presença, seja com a solidão que eu interrompo. Ou seria com meu cuidado, penso agora. Tento convencê-la, talvez possa ser bom conversar um pouco, quem sabe eu tenha algo a dizer, posso ajudar com alguma coisa, comento sem deixá-la perceber que insisto.

Sem demonstrar interesse, ela se justifica explicando que saiu mais cedo do trabalho, o que não foi nada fácil, que há no mundo muita gente estúpida, inclusive o gerente da joalheria onde ela trabalha, e que adia essa visita há meses desde que recebeu a informação de que sua mãe estava viva e a tia enterrada nesse lugar e somente agora é que pode vir até aqui, e nesse exato momento precisa buscar o filho na escola e, por isso, não há tempo para café ou coisa parecida, que não tem tempo de sobra e nem a perder. Ao dizer que podemos caminhar até o metrô e conversar no caminho, recobro a capacidade de tornar banal a vida, característica que me ajudou a chegar até aqui, e o mal-estar nas pernas que ameaça me derrubar de repente me faz andar com mais firmeza.

Caminhamos pela avenida Doutor Arnaldo onde antes havia um canteiro verde entre a pista que vai e a pista que vem da avenida Paulista. Eu pergunto onde ela mora quando ela me diz que pegará o metrô no Hospital de Clínicas. Como que evitando informar sobre si mesma, diz apenas que está de mudança, que ainda não sabe aonde irá se instalar. No caminho começa uma chuva fina daquelas que não acontecem mais em São Paulo, uma cidade por tanto tempo chamada de terra da garoa. Garoa na qual molhei os cabelos e a roupa muito tempo antes, quando eu saía a caminhar pelas ruas sozinha, sem guarda-chuva, enquanto Adriana se reunia no apartamento da rua Avanhandava que servia de aparelho ao grupo de amigos da guerrilha em reuniões das quais eu não deveria participar por não estar ligada ao movimento, por não ter desenvolvido nenhuma relação com aquelas pessoas e suas ideias de mudar o mundo que eu nunca consegui deixar de considerar estranhas.

Eram as horas da minha liberdade. O mundo não estava incluído nessa categoria. Eu me contentava em não acompanhar Adriana. Não gostava do papel de vigilante no qual nossa mãe havia me colocado. Não era difícil chegar em casa e dizer para ela, em sua eterna patrulha moral, que tínhamos caminhado por horas para ver vitrines e conversar com as amigas da escola sem ter que mentir demais. Embora fosse a tarefa que me havia sido confiada, eu sempre conseguia desconversar. Um pouco mais tarde, quando Adriana entrou na faculdade, bastava dizer a dona Elza, que sempre nos esperava para jantar, que eu estava na biblioteca ou no pátio da faculdade de direito lendo um romance qualquer enquanto Adriana assistia a suas aulas. Minha mãe nunca perguntou que livros eu lia. Eu não precisava mentir mais. Chegar em casa no horário predeterminado era suficiente para que tudo seguisse normalmente sem maiores indagações.

A terra da garoa tornou-se a terra da chuva ácida quando a irônica sorte de chover se faz presente. Depois de tanto tempo sem chuva, os muros se confundem com a atmosfera em uma veladura que perdeu toda a cor. A terra seca nos canteiros mortos nos parques, nas avenidas e no que eram os jardins das casas ainda guarda os troncos das árvores e dos arbustos como facas enfiadas na carne. A parte morta do corpo do planeta, eu penso. Um psicopata atravessa a cidade pintando os muros de cinza e atormenta a população de rua. Há muito tempo as últimas folhas de árvores foram varridas do chão. Os galhos foram usados pelas populações de rua para fazer fogo de dia ou à noite. Não há vestígios de natureza nesse deserto, senão nas árvores mais antigas que ainda conseguem buscar água no fundo da terra. Quem ainda ousa andar sozinho, a pé ou de bicicleta, sabe dos riscos de perambular por aí. Pergunto a Betina se ela não tem medo do psicopata que atormenta as ruas. *É uma lenda urbana*, me diz, *é só o prefeito que manda pintar de cinza cada pichação, cada grafite.* E me olha como que estranhando minha crença com a expressão de quem riria se tivéssemos alguma intimidade. Agradeço pelo esclarecimento, há tempos deixei de prestar atenção em políticos apesar da televisão sempre ligada falando bem ou mal deles conforme motivos que transcendem em muito seus feitos.

Nenhum deles fala da falta de água que dizima a cidade. A televisão oculta esse fenômeno que conhecemos por meio da imprensa alternativa cada vez mais escondida. Betina me oferece um lugar sob o guarda-chuva no qual mal cabe ela mesma dizendo que ainda carrega esse objeto para não perder a esperança.

A garoa intensifica a cena desbotada. Eu percebo algo de mágico nessa água que cai do céu direto para o inferno que compartilhamos como cidade. Sob o guarda-chuva, Betina se parece demais com Adriana em uma velha fotografia na qual, de perfil, ela está inesquecivelmente triste. Caminho ao seu lado, evito encostar nela. Ainda não acredito que esteja ali. Em pouco tempo essa imagem se apagará, eu penso, enquanto o cheiro de Adriana me transporta ao meu inferno particular.

Sem saber como explicar quem eu sou, de repente, tomada de uma coragem que só encontrei em minha vida nos momentos de fuga, digo a ela que não quero que se assuste, que preciso fazer uma revelação. Que, de fato, conheci Alice e Adriana, convivi com elas muito de perto. Betina emudece. Me entrega o guarda-chuva enquanto procura a passagem nos bolsos da calça. Ao dizer Alice e Adriana é como se uma senha me obrigasse a perguntar em segredo quem eu sou agora. Surpresa, Betina me diz apenas que não pode conversar mais, que seu tempo esgotou, pede desculpas, é tarde e o menino a espera. A garoa para, ela entra correndo no metrô e me deixa só com o guarda-chuva na mão.

2

Encontro um perfil de Betina em uma dessas dezenas de redes sociais que há no mundo paralelo da internet. O nome Betina de Souza navega sozinho sob a imagem de um arco-íris como se economizasse informações em uma época na qual o exibicionismo é a regra. Uso o guarda--chuva preto de bolinhas brancas como desculpa para conversar com ela. Digo que ficou comigo, que quero devolvê-lo. Ela não responde.

Betina e a chuva são minhas esperas. Passo a viver atrás da tela do computador em busca de notícias. A televisão ligada não me traz nenhuma inspiração para escrever uma mensagem. Como os escritores que se inspiram em músicas, em pinturas, em cenas do dia a dia nas quais reconhecem alguma força poética, eu busco uma ideia no jornal ou na novela.

Conto isso a Antonio, ele não entende. Digo que usarei uma bula de remédio da próxima vez, ele continua sem entender. A falta de capacidade para a ironia, esse déficit de Antonio, me cansa. Desligo o telefone pensando que, em alguns dias, talvez eu volte a falar com ele. Por enquanto, não posso pensar em mais nada. Compreender a aparição de Betina ocupa todo o meu tempo.

No dia seguinte, me esforço para melhorar o modo de me expressar. Enquanto penso de que serve essa tela de computador que me faz falar no vazio, escrevo uma nova mensagem a Betina para dizer que não quis assustá-la. Eu mesma estou assustada e não encontro um jeito interessante de falar com ela. Melhor seria conversar podendo ver o que dizem seus olhos. Digo-lhe que não imaginava que uma das irmãs De Souza pudesse ter uma filha. É assim que começo a mentir. Ao omitir que sou uma delas. Ou o que sobrou de ambas.

Acumulo palavras na construção do nada no qual em segundos devo me engasgar, resolvo esperar um pouco e, mesmo no vazio desse endereçamento, nessa ausência total de resposta, afirmo que, se precisar, posso provar que conheci Alice e Adriana. Não posso dizer que Adriana está morta ali onde deveria estar Alice. Betina acredita que a mãe escapou e que Alice morreu. Não posso dizer que eu sou sua tia morta. Custo a crer que Adriana tenha tido uma filha, mas acreditar ou desacreditar há muito tempo deixou de ser uma questão para mim.

#

Passam-se os dias. Caminho pelas ruas a observar as pessoas que, como eu, seguem para lugar nenhum. Sento em um banco da praça da República quando me canso. Estou de algum modo perdida, posso ser assaltada, estuprada, sequestrada e morta apenas por expressar minha falta de rumo, o que se disfarça com essa roupa de ginástica, esse tênis de corrida. A polícia já não consegue controlar os maltrapilhos que se aglomeram para se proteger e de vez em quando são retirados à força para lugares inimagináveis. Uma mulher com sotaque do norte vem conversar comigo, quer saber que horas são e como se faz para sobreviver em São Paulo, eu olho para ela e sorrio, sem ter o que dizer. Não uso relógio, me guio pelos monitores espalhados nas ruas como se controlassem cada corpo ou pelo telefone celular que mantenho oculto no bolso. Outra mulher senta-se ao meu lado enquanto descanso e, depois de um longo silêncio, pergunta se vai chover algum dia, eu respondo que *não*, tirando com essa palavra tão necessária quanto má toda a esperança que ela poderia ter em vida. Digo-lhe que devemos nos retirar da cidade em breve. Acostumada a retirar-se, ela segue em frente sem se despedir.

Antes, um jovem vestido como um padre me pergunta onde fica o Mosteiro de São Bento, assim como outros me perguntam sobre a Prefeitura, o Teatro Municipal, se a rua 25 de março é fácil de encontrar. Me agrada ser útil como um radar em meio ao caos urbano. Penso que as cinzas de Manoel poderiam ser espalhadas no canteiro onde apontam brotos de ervas daninhas e logo desisto ao me dar conta de que ele nunca estaria sentado neste banco como eu estou agora a simplesmente contemplar a vida e ouvir a conversa dos transeuntes.

#

Mantenho o computador ligado por dias e noites à espera da resposta de Betina às minhas mensagens. Mais fácil chover, penso às vezes. Durmo mal e acordo pior ainda até que, dias depois, quando penso que não responderá em tempo algum, que Betina é mais um desses cidadãos revoltados que abandonaram a internet, ela me chama

Lúcia

Não sei direito o que dizer. Pergunto como vai. Ela diz que odeia esse tipo de comunicação e logo propõe um encontro no centro de São Paulo. No dia seguinte, nos sentamos em um café perto do Copan, onde moro desde que cheguei, mais exatamente na ala D, com vista do grande tapete de poluição para baixo do qual sua humanidade foi varrida. Demorará um tempo para que ela conheça minha casa e contemplemos os helicópteros dos muito ricos, os que primeiro tomaram os minérios e o petróleo, a se chocarem com os helicópteros dos mais ricos ainda, os donos das poucas florestas que restam. Na guerra pela água, meu papel é sonhar com a represa de merda. Eu contaria a Betina sobre esse tipo de problema se pudesse lhe falar da minha intimidade.

Betina demorará a vir a este apartamento. Antonio nunca entrará aqui. Tenho medo de compartilhar com ele ou com qualquer outro homem esta parte da minha vida, o lugar onde moro. Medo de que garotos como ele cheguem e não queiram mais ir embora. Os serviços sexuais pagos são uma garantia de liberdade desde que as relações não se sustentam mais em aparências. Desde que cada um pode simplesmente trocar o que tem pelo que não tem sem ser explorado, o trabalho sexual se tornou finalmente uma opção também para os homens. Poucos ainda têm empregos. Quem consegue trocar alguma coisa, nem que seja seu corpo, pelo menos não morre de fome. Ainda há quem se interesse por sexo, como eu. Desejo ou necessidade, curiosidade ou falta do que fazer, não sei. Há o medo maior do que qualquer outro de que Antonio se torne de algum modo necessário para mim como eu sou, nesse momento, para ele.

Diante de uma xícara de café com leite que esfria sem ser tocada, Betina quase não fala. Quer ouvir o que tenho a dizer sobre as irmãs com quem convivi. E naquele momento, na demanda do instante, à procura de uma articulação que não existe, conto um roteiro básico da história toda tentando parecer uma terceira pessoa, o que de algum modo eu realmente sou.

Me pergunto, e o faço em voz alta, quando foi o começo, o que realmente se pode chamar de começo neste caso. O que *poderia ter sido* em vez do que *realmente foi* muda o sentido da verdade. Betina me interrompe para dizer que posso ser direta como foi Luiz, o padre com quem ela veio a saber sobre sua mãe. Pergunto quem é Luiz. Ela me diz que gostaria de ter a preferência das perguntas. Não entendo bem o que quer dizer. Betina me devolve a pergunta com um sorriso irônico e diz que Luiz deu-lhe uma pista sobre o paradeiro da mãe. Até então, ela imaginava que a mãe estivesse morta como a tia. Há sofrimento no meio dessa curiosidade.

Não consigo encontrar Luiz entre essas manchas desbotadas que são as lembranças. Meu esforço mental está todo em me lembrar de

Adriana e me ver de algum modo como alguém que é capaz de se expressar como uma estranha quando o assunto é a própria vida. Que eu seja obrigada a falar rápido e de uma vez é um modo que Betina tem de me coagir, é o que penso sem revelar. Talvez eu devesse dizer isso a ela, o que não faço por medo de parecer agressiva como ela mesma vem sendo desde que começamos a conversar. Betina parece uma inquisidora com essas perguntas opressivas, essa insistência, essa dureza. Devo ser compreensiva, digo a mim mesma, sua desconfiança, eu explico por minha própria conta e risco, é um sentimento natural. Além do mais, não posso obrigá-la a gostar de mim. Se eu pudesse, é o que faria. Não tenho, no entanto, a obrigação de dizer o que sei e muito menos o que não sei. Já fui obrigada a algo desse tipo, a falar sem saber, a dizer qualquer coisa quando, na verdade, não tinha nada a dizer. Não imaginava que encontraria o gérmen da mesma tática sobrevivendo no dia a dia por meio de uma pessoa tão jovem como ainda é Betina. Não sei se ela percebe o que faz. Respiro fundo, assustada com o que vejo em Betina. Ela me lembra o que não quero lembrar, os tempos da ditadura e os tempos que a antecederam quando eu era outra pessoa, alguém com quem tento entrar em contato agora sem saber se isso será possível.

Não fosse a violência velada na exigência de objetividade com que Betina quer que eu fale, seria como um diálogo platônico, um parto das ideias em que o esforço de lembrar leva à descoberta de si mesmo, algo assim, eu penso, lembrando das minhas leituras dos últimos tempos. Ela poderia me perguntar como me tornei quem sou, poderia perguntar quem eu sou, e, embora essa potencialidade tenha desaparecido com a vida que não se viveu, eu talvez pudesse dizer alguma coisa. A violência dessa coação organizada em palavras interrompe a presença da memória. A memória simplesmente não nasce, senão na língua de Betina transformada em fórceps me obrigando a sair de mim.

Procuro os detalhes, tento ver o que ficou. Olho para um quarto empoeirado, fechado há muito tempo dentro de mim. Betina força a porta. Me falta coragem para abrir essa janela e deixar o ar entrar. Se eu abrir a janela, sei que devo pular dela. Movida por uma paciência que carrego há séculos como uma reserva emocional útil, percebo que sou de algum modo incapaz de desenterrar o que ficou sob o concreto armado da minha alma. Mesmo assim, como quem põe a mão em um balde de água sem tocar na lama que se sedimentou no fundo, apresento uma espécie de resumo enquanto o suor frio escorre pelas minhas costas e umedece a testa e as mãos. Não sei o que dizer, minha cabeça dói e um zunido intenso machuca meu ouvido como se um besouro dentro do meu cérebro. Tenho que parar e respirar. Esfrego as mãos úmidas no vestido. Betina me olha. Sigo em frente, estranhamente firme diante desses grandes olhos de Adriana, olho por uma fresta pela qual entra luz no cubículo do meu mundo interior, conto que fui capturada, que esqueci a data exata em que tudo começou, que não me lembro de muita coisa. Conto que houve um tempo em Lisboa e um tempo depois, bem maior, na Espanha, e que voltei para o Brasil com Manoel, porque essa era a sua vontade, um pouco antes de sua morte. Ela me pergunta quem é Manoel. Conto que casamos na clandestinidade. Ela não pergunta mais nada.

Minutos depois de uma exposição contida em que me esforço por dizer o que me parece possível, na qual eu falo o máximo que esse tempo a fugir do passado me permite elaborar, Betina continua a me olhar em silêncio, o cigarro apagado na mão direita, na outra um isqueiro inoperante esconde preocupações que não posso imaginar. Indagações brotam desses olhos de Adriana como raios enviados sem urgência. Betina é essa mulher silenciosa e preocupada que se contém à minha frente. Imagino-a em criança ruminando sozinha suas angústias pelas ruas, vendo-se no espelho a comparar-se com as fotos da mãe, a perguntar de onde veio e para onde irá, a deixar sinais de melancolia nos diários escritos em cadernos sempre incompletos, logo abandonados em gavetas como são as memórias, porque as memórias de nada servem se de algum modo não fazem parte do presente.

Observo Betina vestida em sua camiseta de algodão desbotado com o pulôver preto às costas, os cabelos espessos presos sem cuidado, as sobrancelhas grossas sobre esses olhos azuis espantosamente idênticos aos de Adriana. Ela fala alguma coisa, mas parei de ouvir, o suor molha meu corpo, peito e barriga. Suspensos os ouvidos, eu a vejo como um holograma, imagem do passado, fantasmagoria e aparição. É isso, uma aparição que desde aquele dia no cemitério não se desfaz no ar. Meus olhos cada vez mais embaçados percebem a cena borrada ao redor.

Distraída pela sede que se intensifica até se transformar em náusea, eu me questiono se Betina nunca teve brincos nas orelhas. É então que, de uma hora para outra, como que em transe, ouço-a gritar comigo. Acordo de um torpor. Assustada, pergunto por que ela grita. Ela responde com uma calma que parece ter sido acumulada com muito esforço: *Lúcia, você desapareceu.*

#

Fico envergonhada de perguntar o que ela quis dizer com *você desapareceu*. Deve ser uma metáfora e é forte demais para mim. Estou aqui desde que voltei, é uma resposta que ofereço a mim mesma enquanto pergunto quando ela se mudou para São Paulo. Minha intenção é apenas recuperar minha própria lucidez. Tomo um copo inteiro de água trazida às pressas pela garçonete a pedido de Betina. Uma garrafa de água mineral custa tanto quanto uma dose de uísque mesmo nas padarias onde nos sentamos para comer por preços mais modestos. Falo que estou bem, pensando que uma mentira a mais ou a menos já não faz diferença. Eu choraria, se um gesto como esse fosse possível para mim.

Betina me diz que nasceu aqui, eu pergunto quando, ela diz que não descobriu a data, que seus avós conseguiram uma certidão de nascimento quando ela já estava na escola na pequena cidade de Bom Jesus. Os avós foram seus pais no interior do frio gaúcho, ela me diz.

O frio permanece com ela, eu vejo. Ao seu redor, faz frio. Pulo a parte geográfica da questão para não ter que falar dos meus pais, e me dedico a tratar o presente e o futuro como tempos mais importantes do que o passado. Disfarço o medo de saber mais sobre o sul ao perguntar o que ela pretende fazer de agora em diante. Ela diz não saber. *Viver em São Paulo não é viável. Criar um menino nessa cidade é assustador* e, como se buscasse suportar alguma coisa, como se procurasse a verdade na paisagem ao redor, olha para fora da janela ao lado da qual nos sentamos se deixando perder em uma meditação que ela torna inacessível para mim. *As coisas vão muito mal politicamente, a violência, o racismo, a alimentação industrial, não temos qualidade de vida. Comemos plástico, você percebe, comemos plástico*, ela comenta, perplexa com o que para mim simplesmente faz parte da vida. Sem maiores questionamentos, me dedico a ouvir Betina. *A falta de água, Lúcia, não nos permitirá continuar nessa cidade.*

Sabendo que ela tem razão, querendo, no entanto, manter a aparência de otimismo, eu sorrio como quem diz não exagere. *Só o que me anima é a campanha para a presidência*, continua. *Pode ser que não haja mais eleições diretas por aqui e, nesse caso, a luta será pior ainda.* Ela se cala um segundo. Eu a observo como se contemplasse um quadro. *Uma educação que transforma a todos em robôs é o que eu posso oferecer ao meu filho e nenhum futuro, como todo mundo*, ela completa. *Tenho medo que João se torne um idiota, ou que seja morto, como vem acontecendo há décadas com jovens pobres e negros em todo lugar. Fossem os filhos dos brancos e haveria escândalo.* Então pergunto por que esse medo, se são os filhos dos negros que acabam morrendo.

Ela me olha como se eu fosse um extraterrestre. Percebo que cometi alguma gafe e tento consertar meu discurso. Apresso-me em dizer que posso ajudá-la a morar fora do Brasil, onde não haverá esse tipo de problema. O rosto de Betina se contrai lentamente como se minha presença a cansasse, como se ela precisasse respirar para poder decidir se continua ou não a falar comigo. Entre entediada e perplexa, ela suspira enquanto olha para o teto e as paredes ao redor. Mais uma vez sem saber bem o que dizer para conquistar sua atenção, comento que tudo é uma questão de saúde mental, que, de fato, as pessoas estão afetadas pelo clima geral de demência. E que iremos superar isso, que essa é uma fase infeliz. Que o governo do golpe logo cairá, como caiu outras vezes, que haverá mudanças positivas. Que os psicopatas que atualmente estão no governo logo perderão suas forças. Que as pessoas terão melhores condições de vida. Que todas terão casas e carros e aparelhos domésticos e poderão pagar seus seguros de vida.

Não sei por que digo isso tudo, minha intenção é apenas consolá-la. Ela me pergunta se eu sei em que mundo estou vivendo enquanto me sinto, eu mesma, uma espécie de alucinação diante desses olhos cada vez mais idênticos aos de Adriana. Ela me olha decepcionada balançando a cabeça para os lados em sinal de desaprovação e um esgar de desespero de quem percebe que perde seu tempo comigo. Com uma intensidade estranha no tom de voz, resume seu ponto de vista dizendo que preferia um mundo diferente.

Eu, que continuo de certo modo sem saber onde estou e para onde vou, pretendo ficar no mesmo lugar, é o que respondo sem que ela tenha me perguntado. Eu perguntaria sobre esse mundo diferente se pudéssemos de fato conversar. Sei muito pouco de Betina, converso com ela sempre tentando corresponder a uma expectativa sobre a qual nada posso fazer enquanto, ao mesmo tempo, eu faço. A cidade de São Paulo é outra em relação àquela que conheci, declaro sem esperar comentários nesse grande jogo de simulação que começamos a desenvolver uma diante da outra. Tenho medo de que ela saiba quem sou e esteja me testando para saber até aonde posso ir. Ela acende o cigarro e o traga apenas uma vez. O caos, ontem como hoje, entrelaça os fios apodrecidos do tempo e do espaço e se desenha como fumaça no ar. E essa é toda a metafísica desse instante.

Ela não diz mais nada. Uma pausa na conversa enquanto o cigarro queima no cinzeiro. Duas mulheres na mesa ao lado nos olham com pena e uma delas sugere que Betina pare de fumar. Ela sorri para as duas e diz que já está no fim. Temo que ela se levante e vá embora. Então pergunto sobre sua avó, acreditando que Betina se sentirá instigada a falar e ficará mais um pouco comigo. Ela suspira e, apagando o cigarro na borda do cinzeiro, promete falar dela um dia. Ainda sentada, enquanto Betina já está de pé, eu pergunto sobre Bom Jesus, a pequena cidade onde ela viveu com os avós, disfarçando um desespero que me ameaça de longe. Ela diz que nunca mais foi até lá.

Então, sem mais nem porquê, Betina fixa os olhos em mim e volta a se sentar. Traz seu corpo todo para a frente e me encara com a intensidade que Adriana punha sobre mim quando eu falava alguma coisa que não tínhamos combinado de dizer para nossa mãe. Eu engulo em seco para, com o melhor disfarce que posso, perguntar o que aconteceu. Ela me diz *você sabe. Fale.*

Sabendo que não tenho muito tempo para pensar, as palavras me saem pela boca como fotografias antigas nas quais não se consegue distinguir bem as imagens. Busco aquele tempo, procuro um foco. Só o que me vem à mente é a tristeza que me impede de pensar, e temo que em segundos um pavor maior que todos os já vividos fale por mim. É nesse momento que peço a Betina que conversemos devagar, que eu preciso de tempo, que não é fácil para mim contar o que se passou com Alice e Adriana e que, sobretudo, há muita tristeza naquilo que sei. Que certas coisas deveriam ficar guardadas e fora de uso para sempre. Nós nos despedimos prometendo essa conversa para a próxima vez. Observo Betina se afastar, ela se volta para trás e quase grita: *você me deve uma explicação.*

3

Meus pés estão presos desde que chegaram ao chão. Pesam agora sobre a mesma rua Maria Paula onde meus pais moraram durante os anos em São Paulo. Minha irmã, um pouco mais velha do que eu, é menina de colo e é levada por meu pai no dia em que se mudam para o imenso apartamento cujas portas estão fechadas em minha memória. Aos poucos essas portas são abertas pela imaginação e vejo minha mãe atrás dele. Está grávida e caminha devagar. Muito tempo depois, estou a fazer a lição da escola sobre a mesa da cozinha enquanto ela conversa com uma amiga que elogia a decoração da casa e o bolo de laranja que ela lhe serve. Ela conta à amiga sobre o marido que viaja muito, a filha mais velha que está na escola durante a tarde e diz que está um pouco fora do peso, que nunca mais conseguiu recuperá-lo depois da gravidez. Conta, então que, ao chegar ao apartamento, seu corpo pesa tanto que é necessário um guindaste para movê-la. Trinta quilos a mais, ela diz. Sentada na mesa da cozinha a ouvir os sons da sala, não sei o que esse peso sobre o qual minha mãe fala pode significar. Penso em números, quarenta, cinquenta, cem, quinhentos, uma tonelada. Ela deve ser um elefante, imagino com meu olhar de menina ao ouvir a história e desenho um elefante no meu caderno. Naquele tempo, minha mãe pareceria mais bonita aos meus olhos se fosse um elefante do que sendo ela mesma.

O detalhe do peso faz com que essa mãe que é a nossa mãe, a que tenho em comum com Adriana, passe a vida em dietas para emagrecer.

Resta caminhar, ela diz no tom das piadas autoexplicativas que sempre gostou de usar. É seu jeito de falar conosco, embora ela sempre fale mais com Adriana do que comigo.

Voltamos de um passeio com a escola e ela nos espera em um final de tarde. Oferece um pedaço de bolo de chocolate a Adriana, perguntando como foi a visita ao parque, o que ela comeu durante o piquenique, se viu o bicho-preguiça. Ao entregar o prato com o bolo e um copo com o suco de laranja que acabou de espremer, aproveita para ajeitar a presilha nos cabelos de Adriana, evitando que caiam em seus olhos. Observo os gestos do canto que é o meu lugar. Sou invisível. Adriana come rapidamente até o fim enquanto conta sobre a professora que explicou sobre o clima, as rochas, a vegetação e a fauna do Jaraguá. Comenta sobre as araras e papagaios. E aproveita para dizer que um pousou em meu ombro e que eu não me movi. Quando minha mãe percebe onde estou, pergunta se também quero o que Adriana acaba de comer. Respondo que não estou com fome, com medo de atrapalhar a conversa da qual eu não faço parte. Minha mãe traz um pedaço de bolo mesmo assim. É como lembro agora, um pedaço de bolo e um garfo, falta o copo de suco, mas isso pode ser apenas uma fantasia.

Ao narrar sempre a mesma história para todas as visitas que recebe de mulheres que não têm mais o que fazer, que minha irmã está no colo de meu pai, eu dentro dela na forma de um peso que faz seu corpo se arrastar, minha mãe faz de mim um hóspede indesejado. Cresço a me perguntar como eu poderia ter surgido do corpo de minha mãe. Eu que não me mexi, que estive sentada até a hora de vir ao mundo e que, segundo o relato, nasci de um parto difícil, tão difícil que não poderia ser natural como havia sido o de minha irmã, para quem tudo na vida era mais fácil. Adriana não tinha completado um ano quando eu nasci, prematura, em um dia chuvoso e frio, aquele frio que vem do sul, que viera com eles do sul, mantendo sua intensidade gelada no caminho para São Paulo. Aquele frio que trago em mim, aquele frio que emana de Betina. O mesmo frio que conhecemos desde o início e que impede que nos abracemos.

Nossa idade próxima ajudava a constituir a semelhança entre mim e Adriana. Elza nos vestia com roupas idênticas incentivando que fôssemos parecidas. Uma camisa cor-de-rosa com botões perolados e uma saia branca, meias brancas até a metade da perna e sapatos igualmente brancos eram o nosso mais básico uniforme. Eu me lembro dessas roupas usadas nos fins de semana quando recebíamos visitas em casa, pessoas estranhas que me davam medo, tios e primos velhos e distantes que passavam em nossa casa porque não tinham o que fazer e dos quais eu tentava me esconder. Vendo-nos de roupas iguais a andar de mãos dadas, segundo ordens de minha mãe, que nos queria sempre juntas, perguntavam se éramos gêmeas. Adriana sorria e conversava com essas pessoas, enquanto eu desenhava com um galho de árvore, coletado um dia antes e guardado sob a cama escondido de nossa mãe, algum motivo imaginário na terra dos canteiros ao redor.

A diferença entre nós, quando bem pequenas, e mesmo depois quando éramos jovens, nunca foi algo tão visível: não fossem os cabelos pretos e fortes de Adriana e meus cabelos frisados, como minha mãe gostava de explicar, seríamos a mesma pessoa. A diferença radical, se houve, nunca esteve tanto em nossas características físicas. Minha mãe gostava de dizer que Adriana se movia, que era dinâmica e animada. Que eu era lenta, que vivia parada no espaço e no tempo, que só meus cabelos se moviam como cobras na cabeça da Medusa.

Quando nossa mãe dizia que uma era mais bonita do que a outra, eu ficava a pensar *quem seria uma e quem seria a outra*. Quando comecei a usar óculos, o que Adriana nunca precisou, então ficou claro quem era a outra. Na loja à qual levamos a receita médica para a confecção dos óculos, minha mãe diz à vendedora que todas as coisas acontecem comigo, que sou a premiada da família, que herdei a miopia de meu pai. Que ficará bem em mim um óculos que não faça muita diferença, que não atrapalhe meu rosto. Que sou bonita como é minha irmã, a filha que ficou em casa, que ela tem lindos cabelos lisos e olhos azuis, que é realmente bonita e que eu me pareço muito com ela.

#

Desde muito cedo, à medida que Adriana de certo modo desbravava a vida, chegava antes e abria os caminhos pelos quais eu passaria em sequência, eu ocupava um lugar ao seu lado.

Fosse na escola, onde entrei antes da idade adequada, apenas para poder acompanhar Adriana. No grupo da catequese para a primeira comunhão, que fiz sem jamais conseguir entender por que ou para que precisava participar de uma missa na qual o padre mencionou a bondade de crianças como Adriana. Na primeira festa à qual fui para fazer companhia para Adriana sem que tivesse uma amiga com a qual conversar, quando eu não havia completado 14 anos e ela já tinha 15, minha tarefa era andar atrás de Adriana, acompanhá-la. Não importava a ocasião, sempre compareci na condição de *irmã de Adriana*. Ela não. Minha irmã nunca foi minha irmã. Adriana sempre foi ela mesma.

As redações impecáveis, a nota dez em todas as matérias que se devia aprender no colégio, e depois, naqueles primeiros anos de faculdade, a simpatia, a capacidade de sentir compaixão pelos mais necessitados, o senso de justiça que a fazia brigar com minha mãe em minha defesa quando eu perdia o horário da aula, quando eu quebrava um copo lavando a louça, quando eu manchava os lençóis brancos com a cor da minha urina, eram provas que compunham a infindável lista das qualidades de Adriana, que incluía capacidades mais raras, como a de tocar violão, de ser a melhor bailarina, de fazer deliciosos bolos de chocolate e, sobretudo, de ser delicada e gentil com as pessoas, o que nunca foi meu forte. Diante dos outros, eu sempre preferia um jeito de não estar, sempre buscava me esconder, com medo de tudo o que, para Adriana, sempre pareceu o mais simples. Tive medo de ouvir algo das pessoas, de ter que dizer algo a elas, medo das regras de etiqueta que exigiam cumprimentos, apertos de mão, beijos no rosto de quem nos visitava, àquelas pessoas para as quais, andando com minha mãe na rua, tínhamos que sorrir.

Eu tive medo dos elogios com os quais Adriana conviveu tão bem, porque, para mim, eles seriam sempre precedidos de um porém, de um mas, de um menos em comparação ao caráter irretorquível dos elogios dirigidos a ela. Eu tinha medo de estar em evidência por um segundo que fosse, o que Adriana, por sua própria natureza, enfrentava com uma naturalidade espantosa. A perfeição era o que ninguém exigia de mim. Ao lado, à sombra de Adriana, com meus cabelos indecisos, com minha inexpressão, ainda que com um vestido igual ao dela, eu era totalmente diferente de Adriana e estava condenada à imperfeição pelo simples fato da comparação.

Eu não precisaria aparecer ou me esconder, ninguém notaria minha ausência. Por não ser Adriana, bastava me recolher em meu pequeno campo de sonhos que era, naquela época, uma folha de papel em branco, e desenhar por horas.

Eu ficava assim, abandonada aos traços que me ajudavam a tornar o mundo mais nítido, até que minha mãe entrava em nosso quarto e, vendo-me desenhar, perguntava por que eu não aprendia a desenhar direito e não fazia um retrato de Adriana.

#

O retrato de Adriana ficou inacabado. Quando tudo aconteceu, meus pais retornaram à cidade de Bom Jesus, de onde tinham vindo com Adriana pequena. Essa era a cidade que não conheci e que, ao meu olhar de menina, parecia ligada a algum tipo de esperança por não ser, bem diferente de São Paulo, o centro de coisa nenhuma. Minha mãe perdeu os pais quando menina, casou-se, engravidou de Adriana, pariu sua primeira filha e depois de grávida abandonou aquele lugar ao qual não imaginou voltar. A cidade se desenhou para mim com traços meio apagados como são os de uma memória emprestada, esbranquiçada pela geada na parte mais fria do interior do Rio Grande do Sul. Foi lá que nasceu Adriana, o que não se esperava mais na época em que era incomum uma mulher tornar-se mãe de seu primeiro filho com mais de 30 anos.

Depois de terem passado por Porto Alegre e Curitiba, no circuito do frio, onde minha mãe passou meses sozinha e apavorada, Adriana com pouco tempo de nascida, meu pai pilotando aviões para fazendeiros a despejar agrotóxicos sobre plantações pelo Brasil afora, minha mãe a esperar por ele, meu pai bem mais velho do que minha mãe dizendo que ela deveria ter ficado em Bom Jesus enquanto ele trabalhava para ganhar a vida. Minha mãe, que não fazia muita coisa, se escondia no único lugar onde podia existir, esse lugar mais que esquisito de esposa e mãe, esse lugar verdadeiramente cruel ao qual havia sido destinada. Esse lugar onde se está sem que se possa existir. Ela, a funcionária da casa encarregada de cuidar para que meu pai fosse feliz e para que fôssemos educadas. A que devia controlar para que ele não fosse perturbado com nossas necessidades de meninas. Meu pai, como um móvel isolado dentro de casa. Não me lembro de ter conversado com ele nenhuma vez sobre qualquer assunto. Não posso dizer nada sobre ele a Betina. Eu me lembro apenas do medo que eu sentia do avião envenenado que ele pilotava.

Penso em nossa mãe agora, no que ela diria ao me ver nesse momento, emoldurada por essa janela aberta para uma cidade que perde sua própria vida, com a idade muito próxima da que ela tinha quando nos vimos pela última vez. Eu pareço muito mais nova do que ela era na mesma época. Minha mãe sentada no sofá diante da televisão, como estava quando passei por trás dela, peguei uma maçã sobre a mesa da cozinha sem que ela tivesse se voltado para trás. Não imagino que ela se lembre de quando me viu pela última vez. Não imagino o que diria ao me ver agora.

Eu é que a vejo aqui dessa janela. Está cansada como se cansam as mulheres ao carregar os fardos do tempo e da ignorância dos homens, as misérias das relações, o sentimento intransponível da morte que une as famílias. Vejo-a a segurar a velhice de meu pai. Meu pai e minha mãe, dois velhos sozinhos em Bom Jesus a esperar a morte chegar mesmo quando ela já estava lá. Olho a cidade no recorte da janela e, em segundos, depois de vê-los atravessando a porta da sala vestidos de preto, minha mãe com uma saia comprida como nunca a vi vestir, meu pai com seu paletó usado em ocasiões especiais, o rosto sério de quem envelheceu anos em um dia, dou um salto na cadeira e, tomada por um senso de realidade fantasmagórico, me protejo da visão procurando coisas sem nexo para pensar.

Entre a imagem que faço de meus pais levantando do sofá e se dirigindo de braços dados para o quarto naquele dia que foi para eles o mais triste de suas vidas, entre o momento da notícia da morte de sua filha mais querida e as lágrimas de minha mãe, eu procuro um chão. Entre essa imagem de meus pais andando pela casa que componho com restos de cenas vividas e a presença de Betina, eu me recupero, ergo meu corpo de onde estiver deitado e me preparo para pensar em algo menos doloroso. Mesmo assim, vejo minha mãe morta como se fosse um pano de fundo para a minha vida, seu corpo seco, sua boca aberta, cobras ameaçando sair de sua cabeça pelas orelhas, pelo nariz, pela boca. Ligo a televisão à procura de um jornal que me jogue em uma realidade qualquer. Nos jornais apenas propagandas de passagens baratas para Miami e notícias de assaltos praticados por meninos negros nos bairros devastados pela seca sobre a qual ninguém fala. As imagens dos assaltos não aparecem, apenas a maldade do narrador. A violência real que governa a cidade sempre foi ocultada assim como é a ameaça de retirada coletiva da população por falta de água. Não penso em nada como um futuro.

Muitos já deixaram a cidade. Eu pensei em fazer o mesmo algumas vezes, assim que encontrasse um lugar para deixar as cinzas de Manoel. Não vi motivo para sair correndo, talvez sair por último para ver o que sobrou, mas desde que encontrei Betina penso que não poderei mais sair assim. Desde que encontrei Betina, olho para tudo o que existe de um outro lugar e consigo respirar melhor porque, por incrível que pareça, o ar do inferno me parece mais fresco.

Imagino meu pai e minha mãe em detalhes como um dia, no meio dos acontecimentos sangrentos que mudariam o rumo de nossas vidas, vi seus olhos se fecharem. Meus olhos se fecham como quando, ainda menina, lendo um livro deitada no chão da sala, vejo a imagem do planeta na televisão ligada diante da qual estão meus pais e passo a noite sem dormir pensando no absurdo, pensando que aquela imagem de um mundo inteiro é absurda, porque os seres humanos que somos nós, e toda a nossa invenção humana, nós simplesmente não existimos se olharmos o mundo tendo em vista a amplitude do planeta. Desde então, vejo o mundo com esses olhos emprestados de uma câmera no espaço, eu os fecho com medo do que posso ver. A presença de Betina muda esse foco por algum motivo e eu penso em comprar um telescópio e entender melhor o que realmente se passa além do lugar onde vivo e onde aprendi a me esconder.

Quando tudo está em ruínas, a ilusão se torna um bem precioso. Meus pais carregam a sua quando trancam a porta e entregam as chaves ao proprietário do apartamento onde vivíamos na rua Maria Paula 270, no apartamento 301, onde eu gostaria de dizer que fomos felizes. Eles acertam o último aluguel com notas de dinheiro postas dentro de um envelope por minha mãe em sua delicadeza automatizada, preocupada em manter as aparências mesmo quando não resta mais nada que a justifique. Saem em silêncio carregando as malas feitas por minha mãe com o esmero que ela punha em coisas inúteis e que sempre me pareceram um desperdício de tempo.

Vejo a cena de dentro da casa, não observo de fora senão no momento em que pegam o táxi no ponto da esquina quase em frente ao nosso prédio. O carro é um Aero Willys igual ao que meu pai vendeu uns dias antes e tão pouco nítido aos meus olhos agora. Eles vão ao aeroporto em silêncio, não trocam olhares, sentem vergonha um do outro por estarem vivos enquanto sua filha está morta. A esperança de que a outra volte não permite aprofundar a dor. Levam, cada um, apenas uma mala com roupas necessárias. O pouco peso dessas malas tem a função de aliviar o peso da memória, é uma comparação que não posso evitar agora.

Gostaria de dizer a Betina que é assim que imagino as coisas acontecendo. Betina, em silêncio como estavam meus pais desde aquele dia, como eu mesma fiquei depois dos fatos. Penso neles agora, vejo-os como em um filme, como nos momentos em que pensamos com muita força em alguém. Eu me pergunto se Betina realmente está aqui sentada na sala a esperar a xícara de café que prometi apanhar na cozinha ou se ela também é, de algum modo, fruto da minha imaginação.

#

Adriana me diz, juntando os livros da escola na pequena mochila verde, *vamos fugir, vamos fugir*. Eu não sabia por que, nunca entendi que desejo era aquele de fugir se nossa casa era tão bonita, se nossos pais ficariam ali sozinhos, se não poderíamos ir mais à escola. Ela não me dava ouvidos quando eu perguntava por que, e dizia *vamos fugir, vamos fugir*, mas, se eu perguntava para onde, então ela respondia *para a Capadócia*. Eu perguntava onde ficava a Capadócia, ela ria dizendo que, se algum dia eu descobrisse, que eu devia contar a ela imediatamente, que ninguém mais deveria saber. Eu nunca me preocupei em perguntar como ela pretendia fugir para um lugar desconhecido. Tudo aconteceu antes da minha chance de perguntar a Adriana sobre o que estava acontecendo. A palavra Capadócia permaneceu para mim como um nome próprio, um nome que eu poderia usar para fugir, um nome que eu nunca soube de onde vinha ou para onde poderia me levar. Um puro nome sem lugar. Uma utopia.

Na escuridão da cela, era a única palavra da qual eu me lembrava, a única que eu dizia quando já não podia mais suportar as dores, os choques, era a palavra que me vinha à mente como se Adriana estivesse me chamando para fugirmos, como se a Capadócia estivesse adiante, não naquela sala onde éramos supliciados, ao contrário, o mundo onde eu estaria a salvo, um lugar ao qual se pode chegar abrindo bem os olhos, concentrando-se para não sentir dor, um lugar que, mesmo não existindo, certamente seria melhor do que aquilo que podíamos conhecer.

Tínhamos uns 8 anos nessa época em que Adriana me apresentou pela primeira vez a ideia da fuga e voltamos a falar da Capadócia sempre que a vida se tornava entediante até Adriana esquecer que eu existia com os amigos da luta da qual eu não fazia parte.

#

À noite em casa eu não consigo ligar a televisão. Não leio. Não penso em mais nada. Acordo de madrugada, depois de muita dificuldade para dormir. Cacilda Becker fuma um cigarro sentada ao pé da cama enquanto me olha como se eu estivesse morta. Ao perguntar o que ela faz em meu quarto, acordo novamente sufocada pelo excesso de realidade.

4

Betina passa a ser o meu presente. Nem mesmo Antonio me interessa mais, se é que em algum momento tenha de fato me interessado. Antonio, ou um modo de não estar sozinha. Talvez seja isso. Ainda não avaliei bem os reais motivos pelos quais o mantenho em minha vida se poderia conseguir mais facilmente com outros o que tenho com ele. Daqui a pouco ele estará na praça, ou no café, ou na porta da livraria a esperar por mim. Eu, a esperar por Betina em outros lugares que não são praças, nem cafés, nem livrarias, porque, segundo ela, esses lugares são pouco objetivos.

Passo a me encontrar com Betina em padarias uma vez por semana durante todo o mês de fevereiro, depois das festas que ela não quis comemorar e das férias que ela não me disse onde passaria. Foram semanas sem falar comigo, embora eu a procurasse diariamente nas redes sociais ou por telefone, controlando a ansiedade de tê-la por perto. Ansiosa por encontrá-la na rua com seu menino em um museu ou em qualquer lanchonete, atravesso a cidade como se fosse uma dessas raras turistas movidas por pura curiosidade até que me acostumo a simplesmente esperar. Se eu soubesse seu endereço, se soubesse pelo menos o bairro, teria ido ao seu encontro, mas o exercício da espera se transforma em destino ao qual devo me submeter desde sempre, ao qual me entrego também agora enquanto simplesmente estou aqui e não posso dizer que existo.

Não faz calor em São Paulo, nem mesmo no verão, nem mesmo com a falta de chuva e a água controlada e precificada a conta-gotas. Eu me aqueço a caminhar pela cidade. A esperança de encontrar Betina retorna a cada vez que dobro uma esquina. Andando na rua 25 de março, quase chegando à rua Paula Souza, é que me lembro de ela ter mencionado que começaria a trabalhar para um partido sem ter me contado como acabou por resolver a história da joalheria. Não me disse que partido seria, nem o que faria nele. Betina não conta detalhes sobre o que faz. Seu silêncio é um modo de ser e, provavelmente, um modo de sobreviver. Ou, ao contrário, uma estratégia de controle. Não sei. Evito deduzir, esperando que ela me dê o mesmo direito. O direito de interpretar a minha própria história. Eu me acostumo a isso e, pensando em seu desinteresse por detalhes, falo por evasivas sempre que posso. Talvez ela não comente sobre seu trabalho por vergonha de não ter um trabalho importante, uma carreira brilhante como jovens da sua idade ainda se orgulham de ter nas grandes empresas que hoje trabalham administrando e disciplinando a vida alheia. Esses jovens que abandonam o país, vão viver em cidades habitáveis e ganham dinheiro investindo em paraísos fiscais. Betina poderia ter escolhido esse caminho dos filhos da classe média. Ela ainda é jovem, poderia pensar que tem a vida toda pela frente, que é possível seguir inventando caminhos. Às vezes ela me parece tão pessimista, até mais do que eu que, há pouco tempo, encontrei nela um motivo novo para viver.

Passo a visitar todas as sedes e diretórios de partidos que encontro nos catálogos de endereços. Há mais de duzentos partidos, a maioria deles fundados no último ano depois da reforma eleitoral. É uma tendência mundial e tenho muito caminho pela frente se levar a sério essa busca.

Diariamente e a pé como é meu hábito desde menina, ando por aí, seja onde for esse lugar. Desde que ia para o colégio, desde que esperava por Adriana para voltar para casa, desde que, sem ter o que fazer muitos anos depois, passava os dias caminhando para cima e para baixo pelas ruas de Madri feito um fantasma, como um dia me chama a mulher que vive à janela de um apartamento no térreo do edifício da periferia no qual eu mesma morei. Antes e depois de tudo, continuo a caminhar. É esse antes e esse depois que São Paulo, cinzenta e confusa, fria e seca, me ajuda a borrar agora.

Um dia, Betina está lá, no escritório da vez, na avenida Ipiranga, entre panfletos e bandeiras, cartazes e aparelhos de som, microfones, caixas de todo tipo com camisetas e material de divulgação. Cabelos mais curtos, mais magra do que quando a vi pela última vez, embora esteja com a mesma roupa de sempre, parece mais jovem e mais alegre. Deve estar descansada, eu penso, constatando que a vida de Betina é, por muitos motivos, como a vida de todas as mulheres. Ela fala comigo como se fôssemos velhas amigas, como se ela não estivesse sumida há dois meses.

#

É hora do almoço, eu a convido a comer alguma coisa na padaria perto do diretório. Ela comenta que o governador está no hospital, que deve morrer em breve. Talvez por isso caminhe tão alegre, cumprimentando os moradores de rua, os transeuntes que passam em busca de cigarros, de bebidas e do ópio que, depois de séculos, está novamente em moda e é vendido em pequenas ampolas chamadas de suco. Travestis e outras trabalhadoras seminuas enfeitam a cidade cinzenta. Sobre um banquinho de madeira, um Davi como o de Michelangelo. O gesso imitando mármore disfarça o pequeno sexo, proibido de aparecer por uma lei municipal. Ninguém o contempla com atenção nem joga moedas na caixa de papelão até agora vazia a sua frente. As moedas vão para o rei vermelho e dourado que se exibe igualmente imóvel sobre um banco ainda mais alto. Vendedores de Bíblia e outros crentes passam entregando panfletos sobre o fim do mundo. *Esse chegou atrasado*, me diz Betina, e ri. Um vendedor de água cobra a metade do preço pago em lanchonetes e bares, eu pego duas garrafinhas meio desconfiada quanto à potabilidade do líquido. No meio do caminho Betina me pergunta sem motivo algum por que não me filio ao partido das trabalhadoras. *Estamos precisando de militantes*, me diz voltando à seriedade. Sem ter muito o que dizer, peço que me fale mais sobre isso quando nos sentarmos para comer.

Ela diz que as mulheres se deram conta de sua escravidão às famílias, maridos e filhos, por isso o partido cresce mais do que os outros, e logo se distrai com um vendedor ambulante que lhe entrega um nariz de palhaço. Betina compra dois, me dá um de presente. Eu agradeço. Ela ri. Fala qualquer coisa sobre ter acordado mais cedo do que o habitual, conta da colega que não sai do diretório nem para almoçar, preocupada que está com as eleições enquanto avisa que ela mesma não consegue se preocupar tanto, que ficaria louca se não dispusesse de seu escudo de idealismo para suportar a vida e diz que se sente como o barão de Münchausen puxando-se pelo próprio cabelo para sair da lama. Pergunta se conheço a história e não me deixa tempo para responder, do mesmo modo como não deixa que eu responda à pergunta seguinte pela qual quer saber se tenho acompanhado as propostas dos candidatos e da única candidata à presidência. Não sei bem se é para falar de política comigo ou se é para desabafar. Eu respondo que sim no que se refere ao tema do Münchausen, e digo que preciso entender mais sobre política. Sei que a presidenta do país foi deposta e que, apesar de isso ter acontecido há poucos anos, ninguém mais fala dela. Eu não imaginava nada diferente e muito menos que as mulheres se organizariam para lançar uma candidata diante do atual estado de coisas. O poder sempre volta às mãos dos que o inventaram, digo sem me preocupar com o que isso possa realmente significar. As respostas ficam confusas. Ela fala em colonização. Eu pergunto o que ela quer dizer. Betina comenta que *mais uma vez, como na lógica da história que nos antecede, não temos futuro* e o olhar perdido que a caracteriza volta a seu semblante ameaçando nos desunir. No frio do paradoxal verão paulistano, nas padarias da cidade, Betina vai adquirindo certa confiança e me contando sobre seu mundo, o trabalho burocrático no partido cuidando de agendas, eventos, reuniões, filiações, o melhor que ela poderia conseguir nessa época tendo em vista sua formação de socióloga. *Há quem ainda acredite no país,* ela comenta. Eu sinalizo entender com um sorriso amarelo. *É melhor trabalhar como ativista do que na joalheria de peças falsificadas que funcionava na entrada de um hotel de luxo frequentado por estrangeiros que vêm até aqui fazer negócios escusos,* ela garante. *Como vendi vidro por diamante,* comenta. Eu digo que não faz diferença quando o mais importante para as pessoas é a ostentação. Ela diz estar arrependida por contribuir com a miséria espiritual das pessoas. E fala do desejo de continuar a estudar, de fazer pós-graduação. Que outros aspectos, urgências e motivações pessoais, sempre a obrigaram a trabalhar antes de estudar. Ela queria ser livre economicamente. Que esperava uma vida menos difícil com João, que sair com ele do país seria impossível desde as últimas leis de controle populacional. São aspectos demais a enfrentar hoje em dia. Digo que posso ajudá-la com o menino para que ela estude e não comento o que penso da universidade para não atrapalhar o que me parece ser, do ponto de vista pelo qual se expressa, algo como um sonho particular. Se João é o problema, eu cuido dele, eu digo me dispondo a ajudar com a melhor das intenções. *Não, João não é problema,* ela responde com rispidez. Percebo que Betina fica incomodada com minha inabilidade e me diz, ali parada diante de um prato de arroz e feijão quase intocados, que tem pouco tempo, que precisa voltar logo, mas que eu poderia aproveitar a meia hora que temos para conversar sobre o que realmente importa. Sem pedir desculpas pela rudeza que retira da manga como uma carta, ela me informa que chegou a hora de falar a verdade sobre Adriana. Que não há mais como deixar isso de lado. Que ela tem o direito de saber onde sua mãe está e que eu sei de tudo, porque Luiz disse a ela que eu sei de tudo. Eu me pergunto o que sei e não encontro resposta.

A ideia de que Adriana tenha tido uma filha embaralha todos os meus pensamentos sempre que penso em falar sobre isso. Busco esse nome Luiz nas memórias apagadas que tenho daquela época e sua imagem não se forja senão como uma sombra em minha mente. Somente Adriana é nítida. Nem mesmo Manoel. Muito menos esse Luiz. Com ela é realmente diferente. É como se estivesse sentada entre nós e me pedisse para falar e, ao mesmo tempo, me pedisse para silenciar. Agora que tenho Betina por perto, é como se eu devesse alguma coisa a Adriana, ou como se Adriana me devesse alguma coisa.

A ideia de que ela tenha sobrevivido é uma hipótese que eu jamais me coloquei. Gostaria que fosse mais do que uma fantasia de Betina. Não posso dizer a verdade sobre isso, porque eu mesma não sei qual dos fatos dos que preciso hoje buscar na memória seria o verdadeiro. Claro, no entanto, é que Alice está morta e que ninguém se importa com esse fato que, antes como agora, quase me machuca.

#

Chego em casa e ligo para Antonio. Marcamos de nos encontrar no hotel da rua Cristóvão Colombo como em vezes anteriores. Vou a pé, correndo o risco de ser assaltada. Antonio está particularmente estranho quando o encontro. Nesse dia é que noto que ele tem um problema de identidade. Não é a primeira vez que o vejo imitar outras pessoas, e o escolhido do dia é um novo amigo, o cineasta com quem ele convive há uma semana depois de tê-lo conhecido em um bar. Ele fala do filme que fará com o novo amigo. Não guardo o que ele diz nem por dois minutos. Antonio me cansa com suas ideias mirabolantes, seu sexo indeciso e suas palavras cheias de certezas a compor planos irrealizáveis. Se falasse menos, seria mais fácil conviver com ele. Ligo a televisão para não ter que ouvi-lo. Perdido em seu narcisismo, ele não nota que estou longe, não tem inteligência para tanto. Eu sabia que não poderia esperar muito dele, mesmo assim sempre há um fundo de expectativa em qualquer curiosidade e o meu caso com ele não deixa de ter esse componente. Dos outros, penso eu, sempre pude esperar ainda menos.

Desço para fumar um cigarro, pago a conta do hotel e deixo um envelope com dinheiro para ser entregue a ele. Nessa fase ele diz que não quer mais receber por seus serviços, basta que eu pague os gastos com o hotel. Pego um táxi e vou para casa. Se ele ainda quiser me ver depois disso, não será para mim uma questão de sorte.

#

Dois dias depois, encontro Betina na porta do comitê do partido outra vez. Ela está apressada. Insisto por um café, ela me segura no braço com firmeza e diz que está cansada das minhas conversas fiadas. Que só voltará a falar comigo quando eu lhe contar onde está Adriana. Meio assustada, murmuro qualquer coisa como se devesse preencher um espaço que Betina exige ser completado por mim. Não sei bem o que digo. Começo contando que conheci sua avó, que ela obrigava Adriana a vigiar Alice quando era exatamente o contrário o que acontecia. Pergunto pelo nome da mãe das meninas como se tivesse esquecido. Ela responde *Elza*. Continuo, é isso mesmo, dona Elza, estava sempre na banca de jornais, no mercado, no cabeleireiro. Minha mãe a conhecia é uma frase que me escapa e faz a narrativa parecer um pouco mais real.

Quando digo isso, fico preocupada. Acabo de inventar uma mãe que não existe em meio a tantas histórias que precisam ser as mais resumidas e simples para que mantenham algum grau de fidedignidade. É provável que Adriana, que nada sabia da guerrilha e das operações que vinham sendo organizadas, tenha nos delatado a todos, comento como se não conseguisse parar com aquilo que eu evitaria fazer e pensar conscientemente. Estou conspurcando a memória de uma pessoa morta que é minha própria irmã e a consciência disso não me obriga a parar. Por um segundo, no entanto, penso que, se Betina tem razão e ela está viva, talvez tenha sumido para sempre por medo da verdade.

Betina me olha transformada em estátua de sal. Eu prossigo. Sei que ela é capaz de suportar o que conto. Eu suportei coisas piores, é a frase que mantenho em silêncio como se um ressentimento de fundo falasse apenas para mim mesma. Qualquer mentira, mesmo a mais espúria, é melhor do que a verdade que conheço na pele cravada de cicatrizes que se tornaram invisíveis com o tempo. Ao procurar os acontecimentos enterrados na memória, não me sinto livre para fazer nada além de desviar a atenção sobre o que o passado realmente possa significar agora que estou diante de seu retorno.

Meu coração se reparte. Eu me esfacelo por dentro ao mentir e mesmo assim minto sobre Adriana, a amada líder do movimento estudantil, a aluna exemplar, a filha querida. Minha irmã. Pratico um ato que poderia evitar se não surgisse de um impulso mais forte do que eu.

Naquele instante, enquanto tento juntar os cacos do meu rosto soltos na interioridade do que um dia chamei de alma, vendo Adriana entre mim e Betina diante da xícara de café a esfriar, a me pedir esclarecimento, eu enceno como uma atriz cujo papel foi rasgado antes de o personagem existir.

Diante de Betina, uso uma máscara, como se eu invertesse as regras dos jogos que poderiam ser aceitos e, de repente, presa ao que estou a inventar, eu precisasse seguir com a obra que comecei a construir. É quase involuntário, ainda que eu saiba, no fundo eu sei, o que faço e o que espero. Uso a história de Adriana para construir essa personagem diante de Betina. Estou pronta para salvar Alice de sua insignificância. Devo dividir com Alice o brilho de Adriana para que Betina não pense que sua mãe era uma heroína enquanto eu sou apenas a coadjuvante de uma história que não me coube viver por inteiro.

É assim que me dou conta de como conheço pouco a história de Adriana. De que quase nada sei sobre minha irmã. Não compreendo como ela possa ter tido uma filha. E se Betina fala a verdade ou mente para mim.

O único motivo para acreditar nela é a fé no que ainda não sei e no que posso vir a saber. Há algo borrado. Como se uma mentira, uma simulação, como se uma ficção fosse a única coisa que pudesse nos colocar em contato, eu me apego ao que posso contar sabendo do indizível que nos espreita. Colar os cacos dessa história me levará aos segredos que escondo de mim mesma. Quem sabe aos segredos de Adriana, aos segredos de Betina, a toda essa face oculta das coisas vividas que evito encontrar há tantos anos.

Betina me pergunta como posso falar assim, como tenho coragem de afirmar essas coisas sobre sua mãe. Diz que me faço de tonta. Me chama de falsa. Para tornar meu personagem ainda mais verídico, resolvo enfrentá-la dizendo que ela não suporta a realidade. Que não pode esperar que eu conte o que ela quer ouvir. E, invertendo o jogo, lhe digo que só vou revelar o que sei se ela aprender a me respeitar. Do contrário, não temos mais nada a dizer uma para a outra. Que ela não vai gostar de saber da verdade. Não acredito no que digo e me arrependo em minutos. Ela sai da padaria furiosa. O café permanece intocado na xícara até que um menino que vem da rua, mais um dos que moram por ali a fugir diariamente da perseguição da guarda municipal, pede para tomá-lo. Compro um pedaço de bolo a pedido dessa criança e me dou conta de que preferia não existir.

Procuro por Betina por todo lado, ela não atende ao telefone de casa. O celular permanece desligado. No escritório do partido das trabalhadoras, todos me dizem que ela não está. Talvez não esteja mesmo. Aprendi a desconfiar e isso tornou minha vida muito difícil. Afundo no vazio no qual encontro Antonio algumas vezes, sem o menor interesse em seus problemas cinematográficos e literários ou em seus amigos novos, seu livro que nunca será publicado. Ele torna tudo pior ao ser incapaz de ouvir o que tenho a dizer sem julgar cada gesto como um erro incorrigível. Eu gostaria de dizer a verdade ou pelo menos algo próximo dela a alguém, e Antonio não é essa pessoa.

5

Quase meia-noite. Assisto à televisão depois de ter passado o dia sem falar com ninguém. Pela janela se pode ver o fim do mundo a unir o dia e a noite. Um velho programa de domingo transforma em espetáculo o que, da vida, não tem graça. Um desfile de modelos anoréxicas com roupas que poucos podem usar é mostrado direto de Nova York, onde a vida continua como se aqui, onde a maior parte das lojas foi fechada, tivéssemos algo a ver com isso. Logo depois desse quadro, um tipo de serviço funeral que parece uma festa de aniversário é mostrado em detalhes, da comida aos materiais com os quais se confecciona o caixão. Um apresentador de televisão com cara de peixe morto convoca mulheres para um quadro de humilhação: elas devem vestir-se como animais e imitar seus grunhidos. A que resistir até o fim, depois que jatos de água, espuma e lama são lançados sobre elas, receberá como prêmio um carro do ano. Há filas de candidatas, todas seminuas se oferecendo como carne, ou será plástico, nesse tempo de escassez em que não há mais empregos. Todos os serviços foram substituídos por máquinas, e a vencedora trocará o carro por comida enlatada na fronteira com o Paraguai. O apresentador com cara de peixe é candidato à presidência e sua campanha tem como base a nova democracia cujo chavão é *Ração para todos*.

A campainha toca e interrompe meu torpor. É Betina, e João está com ela. Ela precisa que eu cuide dele por uma noite.

Não pergunto aonde ela vai. Está vestida como sempre, roupas desbotadas, calças surradas, na camiseta a estampa de uma caveira. Desta vez, tem um gorro na cabeça, um cachecol preto no pescoço e uma mochila nas costas. Pergunta se tenho água para abastecer sua garrafa e não agradece pela graça, nem pela prontidão. Penso que possa ter arranjado um namorado, ou que vai colar cartazes da campanha da candidata à presidência, a dona da principal rede de funerárias do Brasil, que passará a noite inteira a ocupar os muros com as imagens dessa mulher carismática e rica que ainda vive no Brasil, ou que simplesmente se encontrará com amigas para beber. Concentrada em João, que acabo de conhecer e para quem transfiro toda a sensação de surpresa que Betina poderia me causar naquele momento, evito pensar mais e me esqueço de perguntar o que ela vai realmente fazer.

Desde aquele dia, com raras exceções, João passa todas as tardes comigo depois de ir à escola pela manhã. Já está na idade de esconder a baleia de pelúcia com a qual dorme desde pequeno. Ainda na porta, pergunto o nome do bicho, ele me diz *Baleia*, meio envergonhado de trazer ao colo um brinquedo de criança. Ele é criança, mas gosta de parecer mais velho. Ao conhecê-lo é que entendo por que Betina me olhou como se eu fosse uma extraterrestre quando falei dos jovens negros que morrem antes de outros tantos jovens na onda cada vez mais frequente de assassinatos em massa. João é negro e, mesmo tão menino, sabe da ameaça que paira sobre ele.

Diversas vezes João vem sozinho, almoça comigo e volta com Betina no final da tarde ou dorme no sofá, exausto com os jogos de computador, quando ela não vem. Eu não sei cozinhar, não tenho a menor vontade de ligar um fogão, de lavar a louça que sobra do pouco trabalho que tenho na cozinha quando estou só. Compro comida pronta no mercado, fazemos sanduíches ou vamos a um restaurante que vende comida a peso. Em Madri, era Manoel que cozinhava. Eu evitava comer, como faço até hoje.

João ainda é pequeno, não tem nem 10 anos, mas sabe fritar ovos e lavar a louça e trata esses atos como a brincadeira que o torna responsável e, portanto, de algum modo faz dele um adulto em plena infância. Eu conto que os homens antigamente não cuidavam da casa. Ele me consola ao dizer que o passado é algo a ser superado.

No dia de seu aniversário, tentamos fazer um bolo com uma mistura pronta de farinha e fermento que ele traz do mercado que há no meio do caminho entre a escola e o Copan. Eu comento que ele tem muita iniciativa para uma criança. Ele me diz que não é mais criança há muito tempo, praticamente desde que nasceu. Eu rio. Aproveito para dizer que ouvi na televisão que haverá racionamento de alimentos, e que provavelmente isso seja verdade, embora nunca se possa confiar nas notícias da televisão. É preciso antes entender por que as coisas estão sendo contadas dessa maneira. Eu pergunto se ele gosta de televisão. Ele me diz que prefere jogar no computador do que ver televisão. Eu respondo que deve ser algo da sua geração, pois eu tenho dificuldade de me entender com o computador.

É nesse momento que ele fala que em sua casa não há forno no fogão, e que por isso não se pode fazer bolos. Conta que já explorou todo o nosso prédio olhando os fogões dos apartamentos, as geladeiras, os televisores, e que há no edifício pessoas ricas e pobres e até pessoas muito pobres. Os que dormem na portaria não pagam para dormir ali, ele me diz. E, nessa hora, fala do aluguel pago pela mãe, de como ela trabalha para que eles possam viver em uma casa só deles nessa época em que tantos vivem em ruas e ocupações coletivas. Então, o menino revela o segredo que guardou por quase dois meses, o tempo de nossa convivência até agora. Ele e Betina vivem há não muito tempo no bloco B do edifício Copan, no número 444. Ele já não pode esconder, e sua mãe, ele conta, não quer que eu saiba. João me pede segredo. Eu prometo. Não imagino os motivos de Betina para esconder sua casa de mim e muito menos essa condição de vizinhança tão próxima. Disfarço algo como um incômodo, talvez um pouco de vergonha diante de João. Tento salvaguardar Betina dizendo que ela gosta muito de segredos e, enquanto observo o menino sem muita força nas mãos para bater o bolo, percebo logo depois seus gestos metódicos ao lavar a louça como eram os movimentos de minha mãe. E sinto um pequeno desconforto.

#

Falo do futuro para Betina, ela não ouve. Eu não me importo. Faço um café que ela bebe sem paciência enquanto conto da poesia para João, que faz uma pausa da lição de casa e, sentado à mesa meio impaciente, toma um copo de leite com achocolatado. Falo poesia para que ele não se esqueça de que isso seria o único sustentáculo da vida e me entristeço porque poderia ter ensinado o mesmo a Betina se tivéssemos convivido quando ela era criança. Mesmo não sendo nada produtivo, esse tipo de pensamento não me sai da cabeça quando a vejo e a imagino criança cuidada por sua velha avó preocupada em arrumar a casa.

Betina sai pela porta depois de beijar João nessa época em que os meninos limpam carinhos desse tipo com o dorso da mão. Ele não se importa que ela saia, está ansioso para passar a manhã de sábado no computador, cujo uso ela controla. Ela não me vê, não se despede direito, não diz nada além de *eu ligo mais tarde* já na porta do elevador. Eu presto atenção em todos os seus movimentos, sobretudo aos seus olhos dirigidos a um horizonte invisível quando não se colocam sobre mim a cobrar-me alguma coisa. Há tempos ela não pergunta por Adriana, e posso habitar um horizonte de linhas apagadas em paz.

Nessa linha invisível em que se escrevem as histórias de pessoas como eu, histórias que não podem ser contadas, é que caminho esperando não cair, por isso fixo a visão num ponto de equilíbrio que está fora de mim, que me faz saber que é preciso esquecer de uma vez por todas quem eu sou.

#

Meus pés fincados no centro dessa cidade. Um pavor de ficar à margem, esse lugar de onde venho, percorre meu corpo no lento caminho da vida. Impossível não pensar no que me sobrou, na parte que me cabe.

Um dia conseguirei explicar a João que o centro está em todo lugar, mas não a margem. A margem está sempre ao redor do centro. Ele então rirá como nunca das coisas óbvias que eu digo e pensaremos no que vamos jantar à noite ou se devemos antes nos preocupar em sair da cidade como muitos fazem agora carregando malas, ou seguindo para a rodoviária com a roupa do corpo, usando carros emprestados ou abandonados para perder-se pelo Brasil que sobrou ou além dele. Muitos dizem que não haverá mais eleições, outros que o Brasil será dividido em mil repúblicas. Que voltamos ao tempo anterior ao Estado, que tudo é selvageria. Alicerçadas no abandono, na miséria ou na guerra, a escolha é livre. Eu me preocupo com João e com Betina. Ele ficará comigo como está agora, viajará com Betina para outro país, fará exército com os revolucionários que tentam manter guarda sobre as florestas cada vez mais destruídas por invasores. Agora é tarde, João dorme depois de ter brincado o dia todo. De Betina não posso imaginar o futuro, penso nela e uma sensação de que estou invadindo um lugar proibido me faz recuar. Betina é real demais para que eu possa inscrevê-la em um sonho, é dona de um mundo ao qual eu não tenho acesso porque ela mesma deixou claro que não posso fazer parte dele senão pagando um altíssimo pedágio.

É domingo, Betina passa em sua casa cedo para trocar de roupa. Sei que não dormiu por lá. Desci para ver se havia sinais seus no apartamento. Esperei que ela aparecesse me esgueirando entre as paredes, as portas, e quando usei o elevador tive medo de encontrar com ela. Se ela estivesse em casa, eu teria que arranjar uma boa desculpa, não haveria desculpa e é provável que ela me odiasse mais do que já me odeia ao ver que sei de alguma coisa sobre sua vida privada. Não a encontrei e como não sei de nada posso considerar que as coisas continuarão como estão.

Não são sete horas da manhã, ela entra na minha casa pela porta dos fundos como se quisesse passar despercebida, toma o café que estava desde ontem à noite na cafeteira, não sem antes falar baixinho que eu poderia ter feito café pela manhã e não à noite, a noite, segundo ela, é feita pra dormir. Eu a flagro nesse gesto. Ela não sabe o que fazer, derruba a xícara, o resto de café escorre pela pia e atinge sua roupa preta, eu digo ainda bem que ela está de preto, ela comenta que mesmo que a roupa fosse branca ela não se importaria com uma bobagem dessas, eu comento que ficaria feio, ela me olha debochada fingindo espanto.

Faço esforço para não rir desse pequeno constrangimento que ela, como criança, não quer assumir. Betina é cheia de regras e manias. Eu acho graça do seu jeito metódico, das suas idiossincrasias, dos seus cacoetes. Adriana também era assim, organizava coisas inúteis, dava valor ao que não fazia sentido. Lembro da coleção de papéis de carta, das roupas organizadas por cores no guarda-roupa, do cuidado com os cabelos que sempre me pareceu excessivo, das unhas milimetricamente cortadas enquanto eu me vestia com o que aparecia pela frente, usava cabelos curtos, roía as unhas, talvez para compensar o zelo de Adriana consigo mesma, talvez para me banalizar um pouco e me sentir de algum modo capaz de criar meu próprio estilo pela falta dele. Betina me olha como se estivesse pronta para dizer mais alguma bobagem.

Me sentindo poderosa naquele momento, eu falo que ela teria moral para me recriminar se soubesse fazer café. Ela não responde. Disfarça. Eu sei que Betina vive longe da cozinha, vejo que João aprendeu a fazer sanduíches e preparar seu leite, a preparar comidas instantâneas vendidas nos mercados porque teve que aprender a sobreviver sem esse tradicional amparo materno.

Sem coragem de perguntar onde passou a noite quando ela esperava que eu ainda estivesse dormindo, pergunto se está tudo bem. Sei que ela não namora ninguém há tempos, que praticamente dorme no comitê quando não está em algum acampamento. João continua a dormir. Ela tenta acordá-lo, toma um gole de café, pergunta onde está um casaco verde que anda perdido, volta a insistir com João que segue em seu descanso sem se mover. Ela deixa uma camiseta vermelha ao seu lado e pede que eu avise que foi ela quem a trouxe, pega a bolsa e sai novamente mastigando uma maçã que rouba da minha fruteira sem agradecer e sem lavar. Pergunto quando volta, o que digo a João, se devo dizer alguma coisa, ela responde apenas *nunca fale que estou no comitê, as coisas não vão bem, não quero que ele se assuste, depois eu explico a ele o que se passa.* E desaparece no elevador como se não tivesse estado ali.

6

Depois de uma semana em que João dorme em casa com ela, é novamente domingo e Betina traz o menino para ficar comigo. Ela vai distribuir panfletos o dia todo. Está tensa como sempre. Por baixo de sua frase corre um silêncio cujo conteúdo não consigo decifrar. Me avisa, sem me olhar nos olhos, que chegou uma carta de Bom Jesus em sua casa há meses e que devo lê-la. Pergunto por que, afinal, ela me entrega algo tão familiar e íntimo. Comento que não me sinto autorizada a abrir. Ela me olha com as sobrancelhas erguidas, os olhos bem abertos, como sempre fazia Adriana, e me diz simplesmente *leia, eu te peço esse favor.* Há ironia no fundo desse pedido, embora pareça uma simples partilha de informação. Quase pergunto naquele momento por que não deixa João subir alguns andares sozinho, e desisto no mesmo ato para evitar que Betina saiba que eu também poderia ser irônica caso quisesse.

A carta vem atrapalhar o esquecimento, fato natural para quem, como eu, preferiu sobreviver às lembranças. Desde que tudo aconteceu, preferi permanecer na condição de morta como estou até agora, decidi ser outra pessoa, ser Lúcia, ou ser o que Lúcia pode ser. Fui bem treinada pela guerrilha da vida nesse papel. Apesar de tudo, descobrir a existência de Betina é como voltar a nascer, ter João por perto é uma estranha e intensa alegria diária. Gostaria de dizer a ela que, mais do que ninguém, lastimo por Adriana, que sou sua tia e que, nesse sentido, hoje me percebo como uma pessoa de sorte por tê-la encontrado e por

João existir. Evito falar uma coisa desse tipo. Betina diria que é piegas e eu não negaria ainda que estivesse disfarçando para aproximar-me dela. Uma felicidade de papel, João me diz um dia desses enquanto faz origamis para levar à escola no momento em que pergunto a ele como é viver com sua mãe. Ele me diz apenas que Betina é uma pessoa triste e que ele não quer ser como ela.

Dou um lugar a Betina e a João nesse ambiente de silêncio com o qual aprendo a viver e pago por ele. Não imagino contar a ela o que sei, muito menos o que não sei, o que eu mesma não quero reconhecer. Pago o que posso pagar recebendo a parte de rancor que me cabe, aceitando o sarcasmo e a ironia nas palavras de Betina, palavras que não vêm desvestidas de agressividade e que, certamente, me machucariam se eu fosse alguém que ainda pudesse sentir algum tipo de dor. Eu me tornei praticamente imune. Recebo suas pequenas agressões diárias como uma gota de água, não a que faltava, nem mesmo como memória do sofrimento, quando muito essas pequenas agressividades passivas provocariam uma lágrima que escoaria se eu, na posição da personagem indesculpável que ocupo, tivesse forças para deixá-la cair.

Entendo a tristeza de Betina e sei que, nesse ponto, sou como ela. Nessa hora penso em Adriana como aquela pessoa que tinha tudo, a admiração e o amor de todos, e mais, como aquela que teve também o mais absurdo que a vida poderia ter produzido, uma filha. Adriana tem uma filha, repito para mim mesma, estupefata.

E de algum modo me sinto roubada, porque se eu estivesse situada em outro plano do destino, a filha teria sido minha.

#

Betina me entrega o envelope como uma conta de luz atrasada no tom de sempre. Como se entregasse a culpa que me cabe por escrito, com um semissorriso de canto de boca a esperar para ver o que digo. Não imagino o que ela possa projetar em mim nesse momento. Enquanto espero que leve João ao quarto onde ele poderá fazer a lição de casa, deixo a porta aberta por onde ela sairá em seguida. Quero poupar seu tempo, ou quero que ela vá embora logo, não sei decidir sobre essa ambiguidade. No espelho à entrada está minha imagem como se à espera da realidade.

Pendurei esse espelho na parede quando Manoel morreu porque tive um medo novo, o de que ele aparecesse depois de morto. Minha mãe acreditava que os espelhos espantam os defuntos e resolvi testar a hipótese. Olho no espelho. O rosto que tenho hoje é um rosto imperdoável, o rosto de quem não se pode desculpar. Sob esse rosto, por baixo dele, um outro que aparece e se desfaz. O rosto assustado, o rosto perplexo sob o rosto lógico que uso diariamente. Eu me vejo como duas pessoas e, talvez apenas por isso, eu tenha uma espécie de medo de mim.

No envelope em minhas mãos, o endereçamento a Betina, seu nome por extenso Betina de Souza, seu antigo endereço na avenida Pompeia. No verso, no espaço que cabe ao remetente, o nome e o endereço de minha mãe, Elza Enedina de Souza, rua General Castelo Branco, número 114, Bom Jesus, Rio Grande do Sul. Cada letra é bem desenhada como são as letras das pessoas que prezam pelas aparências.

Betina aparece e me diz *não tenha pressa em ler, mas leia*. Eu pergunto mais uma vez por que quer que eu leia uma carta que foi endereçada a ela. Betina me responde que ao ler vou ficar sabendo e se despede de mim pela primeira vez, desde que nos vimos no cemitério, com um beijo no rosto.

#

Sentada na varanda lendo velhas revistas de fotonovelas, Elza decide escrever uma carta à neta. Ela espera que o homem que escolheu como marido acorde da sesta, esse hábito de velhos, ela lhe diz um dia, cansada da vida desanimada que leva ao lado dele. Elza nunca dormiu à tarde, não fará isso agora, prefere encontrar algo com o que se distrair enquanto observa o desenrolar de sua incontornável vida enfadonha. Teme que ele morra ao seu lado, confessa a Betina em letras bem desenhadas. Ela prefere ficar acordada e sentir o tempo que passa materializado na brisa fria do ambiente. Meu pai ronca afundado na velhice da qual ela gostaria de fugir.

É inverno, a geada permanece intacta, embora sejam duas horas da tarde. Diante da lareira acesa, Elza recorta as páginas de uma revista de decoração comprada no aeroporto de Buenos Aires, mais de trinta anos antes, quando viver envolvia outras promessas. Logo a revista será jogada no fundo de uma gaveta cheia de carretéis sem linha e velhas tesouras sem fio, e cada objeto organizado por tamanho entrará, como tudo que há na casa, no fluxo do esquecimento.

Elza comenta sobre o apartamentinho onde Betina vive com João, tendo no mesmo cômodo a cama, a mesa e o fogão. Lamenta ter visto o bisneto apenas uma vez. Pede que Betina escreva a ela, que mande fotografias, que, apesar dos telefonemas diários, a saudade é imensa. Diz estar velha para viajar e que, além de tudo, teme deixar o marido sozinho. Pergunta, como quem admoestasse para logo ironizar, se Betina mantém a casa desarrumada. Aproveita para dizer que, sendo um apartamento minúsculo, é preciso controlar a desordem. Brinca dizendo que vai acabar perdendo João no meio da bagunça. Minha mãe sempre preocupada com o que não importa, é o que eu penso enquanto me dedico a decifrar sua letra floreada. Me parece tão claro que ela não mudou nada. No entanto, suspeito que em seu mundo, no qual se cultiva a miséria espiritual como se nela morasse a felicidade, as coisas não possam ser diferentes.

Betina tem pouco dinheiro para o mais básico, alimentos, transporte e contas de água e luz. Ela não se preocupa com sua aparência, muito menos com a da casa onde mora, na qual o que importa é apenas a funcionalidade. Elza recorda o momento em que a visitou. Senta-se no banco que fica à mesa e pensa em como sua neta escolheu essas condições para viver em nome de uma busca insana, a de reencontrar uma mãe desaparecida muito jovem e que devia estar em outro país, usando um nome clandestino. Ela não consegue escrever sobre a morte dessa jovem que é a sua filha. Por outro lado, não questionaria suas escolhas sob pena de perder o aval do destino a partir do qual explica a vida que lhe restou viver. Cada um sabe de si, ela sentencia para logo cair em contradição ao dizer que, se Betina tivesse ficado em Bom Jesus e aberto uma loja de roupas, tudo seria mais fácil. Nas cidades do interior, as pessoas têm cada vez mais dinheiro para gastar em roupas de grife. Há lojas de todo tipo. Muitos viajam para comprar fora. Os serviços estão cada vez mais fáceis, empregadas domésticas, motoristas, vendedores, desde que não se tem mais de pagar direitos trabalhistas aos funcionários. Realmente o país melhorou, ela comenta sugerindo que ainda há tempo de voltar, que há água em Bom Jesus, que as cidades pequenas são diferentes.

Imagino Betina lendo essas palavras aterrorizada com a mulher que a criou. Irá consolar-se dizendo que sua avó é uma pessoa de outra época e que o sofrimento a deixou assim, construindo defesas. Sua avó continuará a carta a dizer que, mesmo se quisesse se envolver com política, Betina poderia ser candidata por lá mesmo ou que poderia ajudar os partidos locais como fazem outras mulheres. Ela ameniza o que diz ao manifestar compreender a neta, sempre querendo *mudar para melhor*, como gostava de dizer. Ela dizia isso a mim e a Adriana. Que a vida deveria ser a melhor possível. No fundo, espera que Betina não tenha a mesma vida que ela. Mesmo assim, essa senhora com sua idade a interromper os movimentos mais simples ainda dentro do pequeno apartamento da neta arrasta os poucos móveis de lugar para melhorar o cenário enquanto tenta convencer a jovem a arrumar a cama e, em sua tarefa de dar exemplo, de ser compreensiva, de assegurar que as coisas, mais do que a vida, possam continuar no lugar que lhes é devido, lava os pratos e os põe a secar virados para baixo, escorados em uma xícara, e assim faz com o único copo da casa que é de plástico e com a mamadeira do bebê, pois Betina não tem um escorredor sobre a pia.

Elza escreve para Betina pensando em convencê-la de algo, sem ao mesmo tempo insistir. Suas expressões são de preocupação, pena e dó, embora, na carta, ela brinque um pouco com o modo desajeitado com que a neta vive. Quer que Betina lave os pratos sobre a pia, que pendure as toalhas no suporte plástico preso atrás da porta do banheiro por um adesivo. Faz uma lista de tarefas para melhorar o espaço habitado. Pensa que as coisas estão no mesmo lugar onde foram deixadas quando esteve na casa da neta. Elza não limparia o que Betina também não consegue limpar, com a diferença de que antes pagaria quem ajudasse, e Betina nunca conseguiria pedir ajuda ou aceitar a ajuda de quem se oferecesse. Tampouco teria dinheiro para pagar por esse tipo de trabalho, e, por mais que haja milhões de pessoas em situação de miserabilidade, poucos se submetem às novas leis do trabalho escravo e não seria Betina que contrataria uma pessoa em um regime que envolvesse qualquer tipo de dominação. Que Betina consiga hoje deixar João comigo e que aceite, como no último mês, que eu pague seu aluguel é o máximo que pode suportar. Quem nunca recebeu ajuda não suporta ser ajudado, deve ser isso, eu penso e, ao mesmo tempo, imagino o contrário, que minha mãe tenha ajudado demais a neta e que ela faça um esforço imenso para se tornar mais forte.

Às vezes, entro no apartamento de Betina e limpo tudo o que posso, lavo a louça, a roupa, o chão. João limpa o banheiro. Ela descobre nossa aventura, sabe que eu sei onde eles moram, mas não briga nem com o filho nem comigo, já que deixamos intactas suas coisas. Se não reclama, tampouco agradece. Jamais joguei fora os pedaços de papel que ela guarda como se fossem prova de alguma coisa, notas fiscais nas quais aparecem gastos mínimos com a padaria, ou uma lista de compras usada, uma receita médica velha ou uma bula de remédio que ficou abandonada em uma caixa de sapatos junto a, um extrato bancário apagado pela luz. Respeito cada detalhe do pequeno mundo de Betina, até mesmo essa mania de acumular lixo, esse verdadeiro culto à desordem que revoltou a sua avó. É verdade que eu gostaria de encontrar no apartamento algo que explicasse as noites fora de casa, os sumiços de tantos dias. Há uma pequena mala chaveada como se fosse um cofre, e sei que é lá que devo procurar seus segredos, mas não tenho coragem de abri-la, não por enquanto e talvez jamais.

Em troca desses gestos em que o ato de limpar é um jeito evidente de expressar meu afeto por ela, em que a necessidade é uma espécie de mediação do que realmente se quer demonstrar, porque entre nós temos vergonha de manifestar afetos melhores, Betina me dá sua reclamação e sua queixa.

Ela e eu temos em comum o rancor. Por isso não a condeno. Penso em meus pais, ou melhor, não é que pense neles, que reflita sobre eles, é que eles me vêm à mente como imagens. Algumas vezes elas são soltas, e agora que me esforço por lembrá-los eles me parecem dois personagens de um filme. E, vendo-os desse modo, é como se eles se devolvessem para mim como peças de um cenário que eu deixei para trás. Sei que Betina faz como eu, que ela me devolve alguma coisa que ela mesma não pode suportar. *Minha vida não me pertence*, ela me diz, queixando-se de João que, tão pequeno, parece saber que terá que resolver-se sozinho em breve. Sei que ela pensa sobre mim o que eu mesma penso sobre meus pais, sei muito bem, por isso Betina me entregou o envelope sem me olhar nos olhos. Ela sabe que eu sei mais do que demonstro. Ela quer que eu saiba.

Ela não olha para meu rosto. Esse rosto perplexo, esse rosto de quem não tem mais o que dizer, de quem está presa à ironia que é viver. É com esse rosto que vejo agora no espelho, que olho para o envelope, como se esse rosto não passasse de uma máscara de plástico fabricada na China.

#

Ao me entregar o envelope de Bom Jesus, Betina diz ainda *essa é a última carta. Depois não nos falamos mais.*

Não posso acreditar nessa parte. Que minha mãe, sendo como era, não tenha tentado entrar em contato com Betina. Entenderia que Betina não quisesse falar com Elza, porque eu mesma nunca quis falar com ela, muito menos o faria para esclarecer o que havia acontecido porque eu teria que começar por cada detalhe, me justificando e explicando, tentando encontrar uma moral para o que simplesmente não podia ter acontecido de maneira diferente. Eu teria que contar tudo, explicar tudo, falar de cada detalhe, justificar o destino. Teria que cavar um lugar para mim naquele mundo fechado em que minha mãe habitava com Adriana, no qual eu não poderia ser mais do que uma intrusa.

Até que me dou conta de que Betina quis dizer outra coisa e, mesmo assim, sem acreditar no que descubro, acabo perguntando a João sobre sua avó. Ele quer saber se eu a conheci. Respondo que a vi algumas vezes muitos anos atrás. Que ela usava um cabelo montado em um coque muito engraçado. Ele não se lembra de Elza. Me diz então que sua mãe tem uma foto dela sem cabelo nenhum.

Não sei por que motivo meu coração se parte.

\#

Sentada na pequena poltrona da sala, a olhar pela janela como se pensasse longe, Betina me pergunta se eu saberia dizer quem poderia ser seu pai. *Os amigos de minha mãe e de minha tia com quem conversei não sabem dizer.* Para ela, eu alerto, talvez seja mais fácil encontrar a mãe sabendo onde está o pai. Ela me diz que isso não importa. Que nunca precisou de um pai. Pergunto-lhe por que precisaria de uma mãe. Ela não responde e, dessa vez, apenas suspira enfadada.

Conto a Betina sobre León, que nesse momento adquire a dignidade de um personagem, coisa que como pessoa real ele não poderia ter. Retiro-o de um baú de coisas velhas, gastas e guardadas pelo princípio do esquecimento. Digo que Adriana saía com ele e que, avoada como era, enquanto estávamos organizando a revolução ela passava as tardes nas praças e lanchonetes com aquele rapaz sem graça, filho de fazendeiros, dono de empresas de ônibus já naquela época, de revendas de carros, de laboratórios, de farmácias e supermercados. Alguém de quem desconfiei desde o começo. Que por isso suas notas no colégio eram as piores, o que era compreensível, ela estava apaixonada, não pensava em outra coisa, queria se casar e ter filhos o mais breve possível. Explico que esse tipo de desejo era comum naquela época. Que Adriana era assim e que não se pode condenar os sonhos de uma jovem em tempo algum, muito menos naqueles tempos.

Conto a Betina sobre Adriana aproveitando-me de alguns clichês que tornam qualquer história verossímil. Que Adriana, como qualquer jovem, não sabia nada da vida, mas amenizo minha maldade comparando-a a Alice. A cada vez que falo das irmãs no papel de sua amiga, reafirmo minha personagem. Preciso tomar cuidado para não cair em contradição. Prossigo, destacando que nenhuma de nós sabia direito o que estava acontecendo. Digo que não podemos culpar Adriana por nada do que aconteceu, pela delação, pela tortura de pessoas inocentes que se seguiu ao seu gesto, pelas mortes dos companheiros, pelos destinos interrompidos.

Digo isso enquanto tomo um copo de água direto da torneira. Me sinto merecedora desse líquido doentio vindo do volume morto que bebo agora. Continuo lembrando que éramos jovens demais. Que, no meu caso, o movimento estudantil era o foco e que eu me guiava por ele e por seus ideais em uma época em que os ideais eram tudo. Por isso, era mais amiga de Alice do que de Adriana. Menina boba dessas que existem até hoje, Adriana não pensava no futuro, não imaginava o que estava acontecendo em nosso país, eu insisto, e acabo por revelar que Alice sabia de tudo o que estava por vir e era idealista demais para sobreviver. Betina me olha com os olhos marejados. As lágrimas não caem. Eu peço desculpas. Ela me diz *você mente*. Eu me calo. Ela vai ao banheiro. Não entendo por que não vai embora.

As tardes que passei com León me vêm à mente também como quadros de um filme. Seus odores, seu suor adocicado, o cheiro desagradável dos pés, das axilas, do cabelo, os dentes grandes demais, seu modo desajeitado de fazer sexo em um tempo em que, entre as amigas, valorizávamos os beijos e os gestos que compunham certa gramática erótica tornavam León uma vergonha de caso. Era um sexo adolescente, malfeito, que não me dava prazer nenhum e sobre o qual eu não podia contar a ninguém. Adriana não poderia imaginar que eu saía com León e que transava com ele e, certamente, teria vergonha de mim se soubesse. Eu mesma tinha vergonha e, mesmo assim, segui com aqueles encontros até o desfecho sobre o qual eu não podia saber nada.

#

Pergunto a Betina quem é o pai de João. Ela me olha com a expressão cansada que usa nos momentos em que me deve alguma explicação. Pergunta se estou falando sério. Não entendo por que eu não falaria sério sobre o pai do menino, penso que ele tem o direito de saber que tem um pai, digo a ela. Betina diz que não estou bem localizada nesse mundo, que devo me ligar um pouco nas novidades do mundo, que o futuro muda tanto quanto o passado e o presente, que eu deveria fazer um curso de adaptação ao mundo e me conta de Laura, a mulher que seria a outra mãe do menino.

No começo eu me impressiono. A escolha de Betina, de algum modo, me assusta. Sou da época, digo a ela, em que as crianças ainda tinham pais. Ela percebe meu espanto e entre sorrisos informa que a modalidade de procriação usada na minha juventude foi ultrapassada rapidamente. Há avanços na sociedade em que vivemos, comenta, que apesar dos retrocessos alguma coisa boa aconteceu. Pergunta se conheço os bancos de sêmen, me conta que ela e Laura resolveram usar esse serviço ainda muito primitivo, mas suficiente para garantir a liberdade das mulheres. Foi muito prático, ela conta e, quase rindo, me lembra que sempre achou que os pais nunca foram necessários.

Betina me diz que há homens que se dispõem a engravidar uma mulher por valores variados, mas que elas preferiram o banco de sêmen para evitar saber o nome do pai. Assim como há barrigas de aluguel, há homens disponíveis, continua ela em seu tom objetivo e prático. João é o resultado de uma escolha consciente, ela comenta antes de fazer uma pausa. Não sei o que dizer. Betina interrompe o silêncio ao comentar que a inseminação foi perfeita. Laura, no entanto, teve uma embolia quando João nasceu, e Betina está sozinha com o menino desde então.

Olho para Betina com pena e pergunto por que João tem seus gestos e os gestos de sua família se não tem seu sangue. Ela ri mais uma vez, cheia de uma paciência que raramente demonstra ter para comigo, e me responde que deve ser uma questão de alma.

#

Na tarde chuvosa, quando a sensação térmica era de graus abaixo de zero e éramos jovens querendo um mundo melhor, eles nos prenderam. Narro isso a Betina dois dias depois de ela me entregar a carta de minha mãe, dois dias antes de ela desaparecer de vez.

Betina me escuta em silêncio. Ensaio contar mais. Estou, no momento, vivendo meu personagem e, ao iniciar a narrativa, ainda não sei o que direi. Eu nunca tive senso de consequência. Na verdade, eu preferia não mentir, prossigo, passando uma impressão para Betina. Não tivemos tempo até agora de falar sobre a realidade mais dura. Começo a controlar a ansiedade que me toma quando me decido a revelar tudo, que sou irmã de Adriana e que, se ela é mesmo filha de minha irmã, eu sou sua tia. Digo isso para não dizer uma ideia que se adensa em mim, à medida que vou me dando conta do passado. O que eu realmente penso e não tenho coragem de dizer é que sou eu a sua mãe.

#

À noite, sonho com a criança enforcada como há anos não acontecia. Ela está pendurada a uma árvore. Cães latem tentando atingir seus pés a balançar. O vento forte não traz o cheiro que emana do pequeno corpo morto. Procuro alguém para pedir socorro, até que percebo que estamos sós e eu devo encontrar um lugar para enterrá-la.

#

O frio diminuía frente à espontaneidade de Adriana, sempre excitada pela vida que transitava ao seu redor como se ela fosse uma lâmpada enquanto os outros eram as moscas, a conversar com todas as pessoas, a definir estratégias, falas e ações, a controlar os ansiosos, a acalmar os tensos, a animar os cansados, a abrir caminho para o possível e o impossível. Desde a época do colégio ela saía pela rua com a camisa branca e a saia azul-marinho, de manhã cedo, sempre sem casaco, enquanto eu, amedrontada, usava tantos casacos quanto podia, e, nos piores dias de inverno que guardo na memória como um arquivo morto, tentava não levantar da cama até que minha mãe viesse me obrigar e então saía ao som de seus xingamentos para ter invariavelmente um dia péssimo à sombra de minha irmã.

Uma poça de gelo recobre minha pele até agora, vitrifica meus olhos desde aquele tempo, quando, no pátio do colégio Caetano de Campos, eu sonhava em fazer faculdade de artes. Adriana se preparava para a faculdade de direito e no último ano monitorava as aulas de filosofia corrigindo provas, fazendo resumos e dando aulas particulares para quem não conseguia entender Platão. Ela se destacava nos estudos, tinha um temperamento adorável, todos gostavam dela, até mesmo as freiras. Adriana queria ser freira ou fingia isso para conquistar a simpatia das irmãs. Não tinha completado 17 anos quando foi para a universidade.

Reprovada no último ano do colégio, ainda mais distante de Adriana, que cursava o segundo ano da faculdade de direito e tinha uma vida própria sobre a qual não me contava quase nada, eu afundava em meu silêncio. Minha mãe insistia que eu estivesse sempre com ela, o que era impossível, já que Adriana há bastante tempo não se interessava por mim. Desde que crescemos, nos tornamos ramos bem distantes de um tronco comum que mirrou guardando toda a energia para o seu galho mais potente. Eu tinha vergonha de ser a irmã de Adriana, uma espécie de irmã atrasada e não fazia questão de estar por perto desses seus momentos de trabalho, de expansão e até mesmo de esplendor. Diante dela eu me apagava, fosse entre os amigos dos quais eu me escondia ou na mesa do jantar na qual minha mãe entrava em longas conversas com ela, enquanto eu fingia comer. Nosso pai dormia cedo, como fazem os velhos, minha mãe esperava ele dormir para se recolher, Adriana a ouvia pacientemente e ninguém notava que meu prato nunca se sujava.

Verdade que Adriana não me impedia de estar com ela, mas igualmente não me convidava para as reuniões e as festas com seus amigos. Passava a maior parte do tempo longe de mim, talvez com medo de que eu seguisse as ordens de minha mãe e me tornasse uma delatora barata, uma perseguidora de última categoria. León é quem andava comigo na escola, caminhava comigo até a faculdade de Adriana, me levava ao cinema. León era sorvetes, algodão-doce, maçã do amor e sexo adolescente no cinema vazio, no hotelzinho sujo, em sua casa nas tardes frias em que viver ainda se confundia com um simples passatempo.

#

Desconverso a cada vez que Betina me faz perguntas difíceis, e elas estão cada vez mais complicadas. Na padaria, diante de um pedaço de pão com manteiga e café com leite, como de hábito, Betina pergunta sobre a militância, como era a rotina, quais eram as estratégias. Respondo que prefiro não falar disso, e de fato eu prefiro não falar, porque não tenho imaginação para tanto. Falta-me a história real, os nomes dos envolvidos, a terminologia dos grupos. Procuro o ponto de vista de Adriana, digo que cada um é justamente vítima de seu ponto de vista enquanto ela me olha desconfiada e me pede para explicar mais. Não tenho o que dizer e me lembro de como fui negligente ao não conseguir ver aquele mundo em que Adriana vivia como alguma coisa de interessante. Eu era testemunha de uma parte fundamental da história, hoje eu sei, e vivi como se não estivesse presente nela, como se não fosse comigo. A personagem que eu enceno diante de Betina foi uma ativista engajada e agora, vivendo nessa pele alheia diante da surpresa que essa jovem representa em minha vida, penso em quem eu seria se o desejo que não tive animasse minha vida antes quando tudo ainda poderia fazer sentido. Eu sou o contrário de Cacilda Becker, a pessoa sem desejo, a acéfala, a estúpida, a desanimada, atuo sem vontade em um papel que não é meu.

Temo que Betina me veja como uma pessoa evasiva e que, por isso, não me valorize, que não veja meus esforços em me aproximar dela, em conviver com ela, em estar por perto e, apesar disso, não posso fazer diferente, não posso contar a verdade, e a mentira que eu exerço nesse momento, de algum modo me dá tempo, mais tempo para pensar no que dizer, em como dizer, sobretudo me dá tempo para ficar com João, porque, desde o momento em que o vi pela primeira vez na porta de casa me olhando fixamente com sua baleia de pelúcia na mão como se perguntasse quem eu sou, eu não posso mais viver sem ele.

Penso enquanto falo, sem falar o que realmente penso. E sei que seria melhor mudar esse rumo agora antes que, daqui a pouco, seja tarde demais. Nessa hora, eu quase revelo a verdade e desmonto a farsa que venho construindo. Betina me encara como quem me inquirisse, com uma pergunta estampada no rosto. Eu escapo, tergiverso, conto que João está mal em língua portuguesa, que vou ajudá-lo a ler mais, que há muita coisa boa na literatura nacional, que ele precisa conhecer os clássicos, além dos infantojuvenis, que é preciso ler os contemporâneos, que livros não estão na moda mas que ainda há quem se ocupe em escrever e lê-los.

Ao falar desse modo, ao mudar de assunto, sei que estou a dar-lhe sinais variados de que algo está errado, desde que nos encontramos no cemitério diante daquele túmulo onde eu deveria estar e não estou. Betina fica muda, não move os olhos, quase não respira, quando eu não sei o que dizer. Prefiro seguir assim enquanto eu mesma tento entender o que se passa comigo, e, como não sei o que dizer, me permito criar histórias, desviar os significados, trocar Alice por Adriana, Adriana por Alice e me manter sóbria, a salvo de ser eu mesma.

#

Meu rosto é minha máscara, penso e não digo diante do olhar perscrutador dessa mulher ainda tão jovem que é Betina. Ela desvia dos meus olhos desta vez. Desistiu de tentar entender. Me deixa a falar sozinha enquanto penso se poderíamos dizer a verdade até o fim e começar logo agora enquanto ainda estamos aqui diante uma da outra, tomando um café, esperando por João, olhando as nuvens de poluição onde antigamente haveria chuva.

Exponho minhas razões para mim mesma quando posso e elas mostram que não sou nada, que não sou ninguém, e que pouco sei de quem é ou foi a pessoa com quem convivi, minha irmã, ou o que realmente aconteceu com ela. Sei que está morta, que eu estou viva, que fiquei em seu lugar sem nunca, no entanto, ocupá-lo, que uso o nome que lhe era destinado quando ela morreu no momento em que deveria ter fugido.

Isso é tudo o que eu deveria dizer. É tudo o que eu não consigo dizer. A verdade toda, em tempo algum, não pode ser dita.

7

Olho para Betina tentando criar seu menino. Penso em dizer o que não consigo dizer. O pequeno apartamento, o excesso de trabalho, o pouco dinheiro, a luta diária que me soa infinita. Olho para ela e agradeço aos deuses por não ter sido mãe. Então olho para João e me entristeço justamente por não ter sido mãe.

Por segundos medito na chance de que ela se disponha a ouvir a verdade daqui a pouco, assim que retornar do seu paradeiro sempre incerto e nesse momento mais incerto do que nunca. Não posso acreditar que resolverá continuar perto de mim e que ainda deixará João aos meus cuidados se souber o que eu sei, se juntar os pedaços, se raciocinar até o fim. Eu mesma evito pensar no que posso pensar. Eu me protejo de mim.

Nós nos lembramos dos que se foram como personagens. Eu sou meu personagem agora, aquela que fui um dia se torna uma imagem para mim. Sei que não é possível entender, ninguém poderá entender, nem mesmo João, quando eu puder contar a ele que, naqueles dias, quando qualquer mulher deveria ser toda instinto materno, digamos dessa maneira, quando o instinto materno deveria falar mais alto como ouvi dizer que um dia falaria, quando eu deveria estar apta para os rituais da maternidade, quando as mulheres estão em hospitais amparadas pelo amor familiar como nas situações mais normais, pensando nas roupas dos seus bebês, nos quartos por decorar, pensando nos nomes que darão às crianças, eu estava presa com uma imensa barriga e sentia vontade de morrer e a última coisa que eu poderia querer ali onde estava era estar grávida.

Na prisão na qual fiquei provavelmente por mais de um ano, porque perdi a conta do tempo, eu soube que estava grávida quando acordei cheia de pavor enquanto alguma coisa se mexia dentro de mim, embora eu estivesse magra e não tivesse uma barriga que pudesse reconhecer como de uma mulher grávida. A promessa de que eu deveria sair para ter meu filho, assim que ficou claro que eu estava grávida, seria cumprida se eu falasse tudo o que sabia.

O que eu sabia, o que sei eu do meu corpo, eu me pergunto agora quando analiso o que sobrou de mim.

Quando souberam que, mesmo grávida e doente como estava, eu não ia falar, sem que jamais tivessem acreditado que eu não sabia o que falar, os encarregados das ações, que apenas anos depois eu entendi serem torturadores, partiram para atos considerados por eles mesmos como mais leves, e esses atos mais leves eram as agulhas enfiadas sob as unhas, o tapa simultâneo nas orelhas que chamavam com aquele nome estúpido de telefone. Faziam o que faziam enquanto riam. Riam muito, como só é permitido a quem perdeu ou nunca conheceu o senso de dignidade. Sempre riram. Sempre usaram a humilhação verbal como tática de aniquilação da pessoa que tinham como objeto no momento da tortura, vim a saber muito depois. *Essa é aquela, a santinha, a irmã da putinha*, eles diziam entre tantas frases impossíveis de guardar na memória, tamanha a estupidez das palavras que as compunham, palavras cuspidas em estado de êxtase que eu lembro agora, mesmo que seja impossível repetir, que eu lembro mesmo que tenha evitado pensar nisso por décadas, porque foram tatuadas no meu corpo, no fundo do meu corpo transformado nesse espírito, milímetro por milímetro, na matéria de que é feito o próprio nada.

Eles precisavam de um nome qualquer, ainda que falso, para garantir a perseguição que justificava suas vidas. Naquele momento eu era o nome a ser substituído com aquelas palavras pobres, palavras doentias. Palavras misturadas com ameaças de morte que se despejam sobre mim até agora na forma de uma torrente de miséria que devo suportar sem que possa morrer por meio delas.

Betina me leva a esse mundo que eu esperava tivesse se apagado de vez no tempo da vida que já não acontece, areia em uma ampulheta há tempos quebrada. Os olhos de Adriana sobrevivem no corpo de Betina e eu me perco como folha seca na paisagem de ventania de um dia como o de hoje, em que as nuvens cinzentas prometem uma chuva que não virá.

#

Pedi que telefonassem pra León Neves de Melo. Esse era o seu nome todo. Um nome que me vem à mente antes de tudo como uma resposta que insistisse em estar presente à procura de uma pergunta. Eu pensava que León poderia me ajudar. Ele tinha uma família, morava em um bairro nobre, seu nome era importante. O coronel que me interrogava riu e, seguido por seus soldados, gargalhou, batendo com as mãos na mesa e soluçando de tanto rir, e praticamente ganiu, atirou-se ao chão afogado em sua própria risada e histérico, a chorar de tanto rir, levantou-se do chão como se aquele ataque delirante fosse a coisa mais normal do mundo. Me deu um tapa no rosto e disse, ainda entre soluços de riso, que León não podia querer me salvar dali, que ele não podia querer nada comigo, que eu era muito magra e feia e que ele era o mais esperto dentre todos os espertos que existem, que ele era o dono do mundo, o dono da bola, o reizinho, o herdeiro do trono e que eu era uma vaca por dizer o nome dele pensando que era mais esperta do que ele. Com os dentes cerrados o homem gritava quem eu pensava ser tentando ser esperta. Uma vaca, uma puta, uma piranha, era isso o que eu era.

E foi assim que vim a saber que León era um informante.

#

O estupro era um ato do corpo e das palavras, e entre eles um silêncio abjeto era o disfarce a sustentar que nada estava acontecendo. Os xingamentos eram miasmas lançados sobre as vacas, as piranhas, a carne animal, hoje penso, com a qual as mulheres sempre pagaram o preço da desumanidade junto aos bichos. A vítima era eu, apagada para sempre da história.

Não tenho forças para odiar, falar em humanidade ou desumanidade seria piada. Sobra para mim apenas um fio de silêncio com o qual eu poderia me enforcar, nunca matá-los. E como eu queria querer matá-los. No entanto, já estavam de algum modo mortos. E, apesar disso, eles agiam. E sua ação era abjeta, como são as ações de mortos-vivos.

Não posso saber quantos eram, se eram vários ou se seria apenas um. A minha dificuldade de me lembrar disso parece uma espécie de proteção. Nesse esforço de lembrar, sinto vontade de vomitar. E pensar em contar isso a Betina me causa uma infelicidade absurda. Todos os dias, entre o xingamento e o grunhido, sem que eu pudesse reconhecer a voz de quem quer que fosse, quando eu começava a experimentar a surdez um homem me estuprava e, nesse gesto, talvez acreditasse ter me destruído. O estupro não era parte da tortura, ele era a própria tortura, uma espécie de forma direta no sistema em que as dores impingidas às pessoas parecem apenas complementar umas às outras. No entanto, cada dor é específica, cada dor tem um objetivo que é tão vazio como aqueles que as planejam.

Eu olho para esse estupro de fora. Parece mais fácil se o tomo como uma espécie de objeto e penso que não aconteceu comigo, no meu próprio corpo. Se me olho como uma personagem de um tempo que me escapa. De uma vida passada. Agora, o passado me parece um filme alucinado incrustado como um chip em algum lugar da minha memória.

O estupro se faz mais real quando minha barriga começa a aparecer e a gravidez se torna, ao mesmo tempo, a autorização à violência sob a garantia de que nenhum daqueles homens delirantes seria o pai da criança. Não, ninguém me disse isso. No entanto, não tenho como não pensar nisso, porque, na condição de grávida, eu tinha outra qualidade, o gesto daqueles homens parecia fazer outro sentido, era algo ainda mais perverso.

Por meses, até o fim, fui destruída no pouco que eu era por homens sem dignidade nenhuma, que faziam do seu próprio corpo uma arma de praticar violência. Entre mim e eles eu não podia imaginar que existisse algo como uma criança. Uma criança não fazia nenhum sentido.

Eu estava grávida e, de algum modo, estava também morta. Gritava sem saber por que gritava, a dor tinha se tornado minha sensação constante, uma dor que impedia que eu continuasse gritando e que, no entanto, ainda me fazia gritar. E então, por causa desse grito, eles me estrangulavam sem me matar. E eu tossia por dias e dias e continuava a gritar. E esse grito, um grito oco, fui entendendo com o tempo, era o que me mantinha viva. Nos últimos momentos, sem força para nada, sem comer, sem qualquer cuidado higiênico, quando eu cheirava a sangue, merda e todo tipo de podridão, quando não conseguia saber quantos dentes restavam em minha boca, fora de toda cronologia, eles me mantinham na solitária da qual fui liberta apenas porque uma criança deveria nascer.

Foi o que me disse a enfermeira do ambulatório, que a criança iria nascer. Eu estava entorpecida de dor. Não sabia que o que eu estava vivendo era um trabalho de parto. Não podia garantir que eu mesma estivesse viva, não podia imaginar uma criança no meio de tanto horror. Não fazia sentido. Perdida a noção do tempo e do espaço, estar grávida tampouco era uma certeza para mim. A vida se movia em meu corpo como a dúvida se move dentro da mente. As dores do parto se misturavam às dores do corpo todo que eu experimentava naqueles meses. Sei agora que eram meses, não podia medir o tempo naquele momento, o tempo não fazia sentido. E, nos últimos dias daquela duração sem fim, meu corpo se acostumou ao sofrimento de tal modo que não era mais possível distinguir a dor e a ausência de dor. A dor e a anestesia que é seu próprio efeito transformaram meu corpo nessa coisa inóspita que nada mais faz do que ocupar um lugar no espaço.

Foi a enfermeira quem me disse que eu estava em trabalho de parto, que em breve nasceria meu filho e que eu rezasse para que ele estivesse bem. Não entendi por que deveria rezar se estava no inferno. E se um filho naquele momento fazia parte dessa realidade. Se até agora nenhum ato menos diabólico tinha sido dirigido a mim, por que um filho seria uma coisa pela qual eu deveria rezar. Não era possível entender que interesse poderia haver de minha parte em uma criança, considerando o estado em que eu me encontrava. Eu não tinha imaginação para a criança que, a partir da fala da enfermeira, me soava completamente fictícia. Mesmo assim, pensando como as mulheres em geral pensam, que era tudo culpa minha, ensaiei uma ave-maria sem conseguir terminar a primeira frase. Eu olhava para meu corpo cheio de hematomas procurando as palavras certas para recompor a oração, e o sentido das coisas se desfazia entre espasmos de dor. As marcas dos socos e pontapés estavam esmaecidas, o que me fazia suspeitar de que eu estivesse na enfermaria havia dias. Eu me lembro de uma sopa de arroz salgada demais e de um cateter de soro no braço. A luz do dia tornava evidente a sujeira do meu corpo mesmo depois de um banho que alguém me deu com água fria sem que eu tivesse participado conscientemente da ação. Lembro daquele frio que não me fazia acordar. Da água jogada sobre meu rosto, das luzes esmaecidas. Sem óculos há muito tempo, eu só podia ver os detalhes do meu corpo se me olhasse muito de perto. O rosto dos outros não existia se eles falassem a um metro de distância. O meu próprio rosto, eu o perdi aos poucos na ausência de espelhos. Da caverna onde me tornei um morcego achatado sob botas pesadíssimas até a insuportável luz do dia, o caminho não era curto. Eu estava presa a uma alucinação de formas confusas que me rasgavam por dentro. Nunca entendi o que queriam de mim e por que não me mataram. Não era possível entender por que eu deveria rezar se, como a enfermeira me disse naquele momento logo após sugerir que eu rezasse, eles matariam a criança que veio ao mundo naqueles dias por intermédio do que era apenas meu corpo.

#

No ambulatório havia pessoas em situações que pareciam piores do que a minha, prostradas que estavam em seus leitos de metal sem colchões ou cobertores. A enfermeira colocou o aparelho de medir a pressão no meu braço. Esperei apavorada pelo recomeço da maldade e, num ato reflexo, me afastei com o pouco de força que me fazia andar. A enfermeira aproximou-se e pude ver aranhas em seus cabelos alisados, lembrei do personagem de um conto de Kafka que conseguia ver os piolhos na gola de um porteiro que gritava em seu ouvido quando ele já estava surdo. Ela não disse nada além de que ali ninguém me machucaria. Não acreditei, não tinha por que acreditar. Essa frase não fazia sentido.

Sem entender o que estava acontecendo, sem poder perguntar nada, sem ver como peguei no sono, acordei muito depois, os peitos inchados e doloridos e uma sensação de náusea que terminou em um vômito sem conteúdo. Uma atadura enorme em minha barriga me fez pensar que tivessem arrancado o meu fígado, mas era na parte de baixo e pensei que talvez tivessem extirpado o meu útero. Outra enfermeira, ou talvez fosse a mesma, veio até mim trazendo medicamentos, não disse nada, deu-me comprimidos que eu não consegui engolir. A barriga ardia. Então ela falou, tome três desses comprimidos por dia durante sete dias e, trocando a sisudez por um sorriso perverso, perguntou-me se eu conhecia o limbo. Não respondi. Ela segurou meu braço a dizer *é para onde você vai antes do inferno, por ter delatado seus parceiros comunistas.* Eu já estava no inferno e não entendi do que ela falava. Pude ver que era outra, os cabelos claros, com reflexos luminosos, mais jovem do que a anterior. Eu não havia delatado ninguém. Não tinha amigos comunistas. Perguntei do que ela estava falando. Não conseguia demonstrar o que sentia porque no meio do pavor eu não posso dizer que sentisse alguma coisa. Para finalizar, enquanto eu buscava entender o que me era dito, a enfermeira contou de modo muito objetivo que a criança havia sido afogada para o bem de todos. Contudo, quando disse que *não se deve colocar mais comunistas nesse mundo,* ela riu de um modo que eu jamais consegui compreender.

Ela riu. Eu não entendia o que ela dizia, eram coisas complicadas demais naquele momento, eu havia me tornado um pedaço abjeto de carne há muito tempo, não conseguia pensar em nada, não conhecia nenhum comunista, não vi uma criança nascer, não vi uma criança depois de nascer e não pude me ver, naquele momento, como mãe de ninguém.

Demorei a entender que Adriana era a minha irmã comunista. Do mesmo modo que não quero pensar que Betina é a minha criança perdida.

#

Ao me entregar o envelope, Betina me diz ainda a carta da *mãe*.
Betina chama minha mãe, sua avó, de mãe, e eu me vejo novamente devolvida à condição de irmã. Desta vez sou irmã de Betina e me parece claro que meu destino é viver à sombra de uma irmã.

#

Eu sabia de cor o telefone da casa onde León morava com os pais no Jardim Europa, rua Turquia, esquina com Itália, e por pouco não fui até lá. Eu era mesmo uma pessoa ingênua. Liguei a cobrar e, ao ouvi--lo dizer à Lina que ele não estava em casa, percebi o que era óbvio. Eu estava tonta sob o efeito das últimas experiências e telefonei sem muito refletir sobre o sentido do meu gesto. O telefone dos meus pais não me vinha à memória, e, quando consegui recuperar esses dados perdidos, pensei no que poderia acontecer caso ligasse e logo desisti. Liguei para León, mesmo sabendo que ele era um informante e da irracionalidade do meu ato que rege os momentos de desespero. Chamei por Lina, que me disse em seu inconfundível sotaque nordestino *pode falar minha filha*, e eu falei *seu patrãozinho, Lina, é um traidor*. E desliguei o telefone.

Eu e León nos encontrávamos quase todas as tardes perto da praça da República, na lanchonete ao lado do metrô que já não existe mais. Algumas vezes fomos aos hotéis do centro onde só entravam putas e onde eu, mesmo sendo uma menina criada nos preceitos castos das famílias pequeno-burguesas, me sentia em casa. Outras vezes fomos à sua casa, que ficava vazia a tarde toda, não fosse a presença de Lina como uma espécie de mãe escravizada que cozinhava e lavava e que me olhava com pena enquanto movia uma vassoura tão cansada quanto ela, carregava um balde de água como se fosse um balde de lágrimas, descascava batatas e catava feijão como se fosse alimentar o mundo. Ela parecia sentir alguma coisa por mim. Eu senti de fato algo de diferente por ela nos dias em que nos vimos de perto. Nossos olhares se cruzaram algumas vezes trocando mistérios. Havia entre nós uma vontade de falar que era impedida pela presença de León. Então nos comunicamos algumas vezes pelos olhos. Talvez Lina tenha ouvido León falar que queria se casar comigo um dia, talvez tenha percebido aquele tom de favor com que ele sempre falava quando não estava no seu exercício passivo-agressivo de crítica.

Vou me servir de água na cozinha, Lina me dá um copo, abre a porta da geladeira e me diz baixinho que vinha de longe e trazia muita dor no corpo e na alma. E que eu não ficasse naquela casa porque eu ficaria igual a ela. E que a dona da casa havia morrido daquela doença ruim, nos seios, que se espalhou pelo corpo todo. E que ela era uma pessoa que não tinha voz naquela casa e que eu era moça e que pensasse bem onde estava e o que estava fazendo. Quando Adriana, ao saber que eu ficava com León, me perguntou uma única vez o que eu via nele, avisando que ele não era confiável, fui incapaz de juntar os fatos e de perceber o que era óbvio.

Naquela época eu não entendia por que Lina se mantinha naquele lugar. Hoje eu sei que as pessoas não têm para onde fugir, senão para as ruas.

Sentei no cordão da calçada por falta de forças para andar. Depois de muito esforço, o suor escorrendo pela testa embora eu sentisse muito frio, me lembrei do telefone da casa dos padres onde aconteciam reuniões e festas das quais participei poucas vezes. Era o telefone da escola. Tentei novamente e dessa vez acertei. Eu quase rezei para pedir ajuda, mas um gesto como esse me parecia absurdo e inútil. Eu pensava na data. Havia pouco movimento nas ruas, parecia sábado. Podia ser feriado. Podiam estar todos presos e mortos como eu. Um homem atendeu ao telefone e me mandou estar na porta da catedral da Sé o mais rápido possível. Era longe e eu não tinha como andar, nem como pagar qualquer transporte, além do medo que sentia de estar sendo seguida. Não havia carros por perto, não havia pessoas e eu não estava sendo seguida. Era apenas o efeito da febre. Esperei algum carro passar e pedi carona ainda sentada na calçada de onde eu já não conseguia levantar, com uma roupa que não era minha, que deve ter sido de outras presas como eu, que gritavam como eu, que foram estupradas como eu, que não foram mortas, como eu, que pariram crianças que seriam afogadas como a minha.

Nessa rua que permanece sem nome em minha memória, e que me lembra hoje de certas ruas da Vila Mariana, uma mulher de grandes óculos e cabelos muito curtos parou em um fusca branco perguntando se eu precisava de ajuda e me levou até a Sé. Antes fomos à farmácia onde ela me fez tomar uma injeção de algum antibiótico, talvez penicilina, perguntando onde estava minha família, quem eu era, dizendo que podia me deixar em casa, que não lhe custava nada. Pedi que me levasse até a igreja, menti que eu morava ao lado. Tive medo que ela visse outras pessoas a me esperar e que pudesse contar a alguém. Agradeci assustada nessa mistura de sentimentos que envolve o desejo de ficar e fugir ao mesmo tempo. Ela me deu um abraço e um papel no qual anotou seu nome e telefone junto com um bombom de chocolate que tirou da bolsa onde havia muitas outras coisas. Havia roupas coloridas e bonecos no carro. Contive a vontade de perguntar se ela era do teatro. Permaneci calada como se deve fazer quando não se pode prever as consequências do que se diz. *Caso a situação piore, coma.* E perguntou meu nome algumas vezes. Sem que eu pudesse responder quem eu era, ela apenas disse: *da próxima vez, vou te chamar de Mauren. Você tem cara de Mauren. Ou de Lauren.* Ela se despediu a sorrir desejando felicidades e sorte com um ar de generosidade que eu raramente vi em outros rostos. E nunca mais nos vimos.

#

Manoel é quem está na frente da igreja. Usa bigode e óculos e fuma como jamais deixou de fazer até o dia em que resolveu dar fim à vida, quando já não conseguia levar o cigarro à boca. Estendendo-me uma sacola de papel, me diz apenas *esses são seus documentos, essas são suas roupas agora. Eram destinadas à sua irmã. Agora vá e não volte. Todos sabem o que você fez, ninguém nunca mais vai falar com você. Você tem uma única chance, que é ir embora agora.* Acendeu um cigarro e, vendo que eu não me movia, meus pés presos ao chão, olhou-me com um ar que só podia ser de pena e, apesar dessa compaixão que brotava de seus olhos, diante da minha perplexidade, falou em tom decisivo: *Alice, desapareça.*

Eu não tinha nada a dizer. Perguntar me parecia proibido. Eu não sabia o que eu mesma tinha feito. Não sabia o que eles tinham feito. Ou o que tinham feito comigo.

Eu não sabia analisar os fatos porque, naquela época e, ali, diante de Manoel, eu não sabia de que fatos se tratavam, me faltavam substantivos, verbos e conjunções, me faltavam as ideias, a imaginação, a capacidade de pensar. O que estava acontecendo era como um pesadelo. Eu estava cada vez mais afundada em brumas tanto mais densas quanto mais eu me esforçasse por entender. Consegui perguntar por Adriana. Manoel me disse que logo eu saberia dela. Que por antecipação eu já podia saber que a culpa era minha e que disso eu não deveria me esquecer. Essa é uma das poucas lembranças que tenho de Manoel naquele tempo. Ele que nunca tinha falado comigo antes. Que era um colega mais adiantado no curso que Adriana também fazia, que parecia ser seu amigo, pois os vi juntos a conversar algumas vezes. Uma das poucas imagens que guardo da figura de Luiz ressurge agora, a poucos metros, na esquina na qual ambos desaparecerão em minutos deixando um rastro de fumaça de cigarro para trás.

Na bolsa que ele me entrega há roupas e, dentro dela, uma bolsa menor com documentos e dinheiro, uma passagem de avião e um pequeno caderno pautado com o número de um telefone na última página enquanto todo o resto está em branco. Não sou capaz de entender o rancor que ele me dirige naquele momento e tempos depois, quando nos encontramos em Lisboa, ele está tão destruído emocionalmente e segue afundando nessa destruição que foi seu projeto de vida que evito cobrá-lo sobre o sentido do que me disse naquele momento. Esquecer para sobreviver, essa foi e ainda é minha decisão. Não era bondade de minha parte, tampouco era ingenuidade deixar as coisas assim. É que o ressentimento que me acompanha desde muito antes desses acontecimentos nunca me pareceu uma boa tática de sobrevivência.

#

Um vestido de flores miúdas, um casaco de lã verde, uma peruca, meias e uma sapatilha preta que fica um pouco apertada em meus pés. Compro uma mala no aeroporto com medo de gastar o dinheiro que encontrei junto com a passagem, ainda sobra uma quantidade razoável. Não sei se estão me pagando por alguma coisa com esse valor que vem enrolado em elástico amarelo. Penso que os funcionários podem desconfiar da minha falta de pertences. Embora eu não saiba que é disso que se trata, naquele momento, é claro que eu estou aprendendo a me esconder. A passagem, esse vestido florido coberto com esse casaco verde e essa mala vazia me levarão a Lisboa. Eu pareço uma árvore e tenho vontade de rir. O riso não me vem ao rosto. O meu rosto está agora diante da atendente. A moça que trabalha no balcão compara a foto do documento com esse rosto que não ri em um movimento repetitivo que me deixa angustiada. Disfarço o incômodo afirmando meu cansaço e, em um gesto de muito esforço interno, tento sorrir para ela. Ela sorri de volta como se me deixasse seguir sem muita certeza do que faz. Devo ter conseguido causar um sorriso, embora eu não tenha nenhuma prova interna ou pessoal disso. Confio em sua resposta e me aprumo para enfrentar a imensa fila na alfândega. O policial quase me avisa de que sou um estorvo que deve desaparecer o mais rápido possível logo depois de gritar comigo para que respeite a linha amarela. Esse quase não olha para meu passaporte. Ainda não consigo perceber que estou com sorte. Durmo durante todo o voo e só acordo na capital portuguesa, sabendo que devo sair do aeroporto o mais rápido possível. Tudo pode ser uma cilada desde o começo, posso estar sendo presa novamente, entrando em um jogo cujas regras eu continuo a desconhecer. Sigo até ali tomada pela paranoia e me deixo levar como se essa entrega pudesse me curar de um mal cuja culpa é apenas minha. Muito tempo depois é que fico sabendo que muitos ficaram assim, paranoicos, melancólicos e profundamente perplexos com a maldade humana tecnicamente orquestrada pelo Estado. Telefono para o número anotado no caderninho que trago desde o Brasil, no qual, meses depois, ainda em Lisboa, trabalhando em uma padaria como faxineira, escrevo poesias como se naquele mundo, sendo ninguém, eu tivesse o direito a um mínimo de expressão.

No telefone, depois das dificuldades iniciais para descobrir como se ligava a cobrar em Portugal, ouço uma voz jovem me dizer que devo pegar um táxi até Belém e esperar do lado de fora, em frente à porta principal do mosteiro dos Jerônimos. Penso em ir a pé, quero ficar longe de pessoas e, para isso, o melhor é andar sem parar. Andando sempre se está de partida e a produzir distância. Mesmo quando se produz dialeticamente a proximidade, é a distância que envolve o movimento. Penso que caminhar me ajudará a pensar no que se passa. Minha barriga arde e tenho medo de desmaiar, mesmo assim eu caminho. Demoro mais de duas horas para chegar. Meu corpo não sente cansaço nem calor apesar do sol forte.

Parada à porta do mosteiro por quase uma hora, morro de medo de que seja uma armadilha. Depois desse tempo em trânsito, só o cansaço ampara o meu corpo e eu me vejo novamente sentada à beira da calçada ouvindo barulhos demais até que um branco me toma por completo e eu não consigo mais falar.

Devo ter dormido depois do desmaio. Acordo em um carro dirigido por uma mulher, enquanto outra, sentada no banco do passageiro, conversa comigo e me dá uma garrafa de água. Estou deitada no banco de trás, as pernas para o alto. Elas me dizem que me levarão ao médico. Eu digo que está tudo bem, que podem me deixar no centro da cidade que eu posso encontrar um lugar para ficar. Não entendo por que me resgatam sem pedir nada em troca e isso me apavora sem que eu possa demonstrar o medo que sinto.

#

Tudo parecia respondido antes que eu pudesse formular minhas próprias questões. A mulher que me deu água colocou um lenço molhado a título de compressa em minha testa. Ela fumava um cigarro atrás do outro, me chamava de Lúcia e insistia *não esqueça de estar sempre de batom. Ninguém desconfia de quem está bem arrumada.* Nenhuma delas me parecia muito bem arrumada, estavam de camiseta e óculos e cabelos amarrados na nuca. *Não esqueça os cabelos, sorria, não se deixe levar pela tristeza, ninguém vai perceber nada se você fizer tudo como deve ser.* Perguntei seu nome, ela me disse que isso ficaria para depois. A outra dirigia como se não estivesse ali. *Agora você é que se chama Lúcia, não vá esquecer,* disse como se não pudesse brincar com isso. Ela me levou a um hospital onde o médico pediu que eu voltasse em alguns dias. Que estava tudo bem e eu só precisava de antibióticos. Depois me levou à lanchonete onde comecei a trabalhar na mesma semana e, prometendo me ver no dia seguinte para explicar o que estava acontecendo, nunca mais apareceu.

A mala seguiu vazia comigo até aqui depois de ter passado por algumas cidades. Guardo-a ainda hoje sobre o armário com as poucas lembranças daquela época. O vestido florido ficou velho, a peruca que eu jamais usei e restos da maquiagem que me foram entregues por essa mulher sem nome ao lado da mulher que dirigia o carro sem parar permanecem comigo. Assim como as sapatilhas gastas com as quais andei por muito tempo. Esse é meu pequeno museu, uma mala na qual caberia tudo o que tenho, não mais que meu corpo e coisas que me foram úteis em um momento terrivelmente onírico.

Por dias morei em um pequeno quarto de pensão com pessoas que mudavam diária ou semanalmente, com as quais não desenvolvi forma alguma de vínculo. Na lanchonete ou nos prédios que limpei sempre evitei falar sobre mim ou sobre qualquer assunto, dizia bom dia e boa tarde apenas para responder a quem me cumprimentasse primeiro, morava dentro dos livros com os quais gastava meu parco salário. Fosse qual fosse o jogo que estava sendo jogado, eu sabia que era preciso entregar-me a ele. Eu deveria viver como se nada importasse, como uma pessoa que de nada sabia, uma dessas pessoas que, mesmo estando presentes, não existem de fato na realidade. Por muito tempo pensei que minha função era estar ausente. Eu sabia, eu sempre soube que é assim que se faz para sobreviver. E já não tenho vontade de jogar, muito menos de sobreviver.

8

Lúcia Antonelli Magalhães e Silva é o nome escrito no passaporte. Leio e releio até decorar o nome que eu usaria para sempre, meu nome oficial, ainda me chamo assim para mim mesma, esse nome que hoje, na impossibilidade de voltar atrás, ainda é o meu nome. O nome que eu digo quando me olho no espelho. O nome no qual acredito como uma roupa que me veste. O nome da minha personagem. A que apresento a todos com quem encontrei e hoje enceno diante de Betina precisando recriar um papel de algum modo ultrapassado. Eu e meu nome de guerra diante de Betina. A vida é essa guerra na qual sou um corpo que sobra.

Mesmo assim, como é impossível viver sem nunca usar meu nome, simplesmente evito as situações em que teria que usá-lo. O caráter falso de minha vida está impresso com esse nome que permitiria a Adriana viver na clandestinidade. E quem vive sou eu. Até hoje e cada vez mais velha. A consciência insustentável, no entanto, me leva ao fundo de algum poço e, como no conto de Edgar Allan Poe, o pêndulo ameaça cortar meu peito.

#

Alice fica para trás. Nossos pais são avisados da morte de Alice, não da de Adriana. Dizem a eles que Adriana fugiu para algum lugar que deveria permanecer secreto até que as coisas ficassem mais seguras.

É Manoel que me conta isso quando nos encontramos em Portugal, antes de passarmos um tempo nos Estados Unidos e voltarmos, logo depois, para viver os anos vazios que tivemos na Espanha. Estou em fuga há muito tempo, aprendi a viver triste e confesso que, naquele momento, a informação sobre a morte de minha irmã não é capaz de me emocionar. Tampouco me impressiona que meus pais pensem que ela está viva e que eu não esteja. Demorei a perceber que as coisas não precisariam ser assim.

Na carta que Betina me entrega em mãos, minha mãe espera Adriana voltar e diz que, tendo passado o perigo, ela deve chegar a qualquer momento. *A minha filha deve estar velha*, ela escreve.

Em São Paulo, Betina busca notícias da mãe desde que chegou. O resultado de sua busca é negativo por muito tempo. Depois de anos, ela perde a coragem de conversar com a avó, a que ela chama de mãe, porque não pode dizer a ela o que realmente pensa de tudo o que se passou com sua mãe. Sempre é difícil conversar com alguém quando não se pode ser sincera, me explica Betina logo que nos conhecemos, em um dia no qual ela espera que eu revele segredos que eu desconheço. Conto a parte da verdade que pode ser revelada e mergulho na mentira que, independentemente de qualquer vantagem que possa trazer, sempre será má.

Há pessoas para as quais só resta o que há de mais covarde. Elas se tornam o efeito daquilo que lhes sobrou experimentar em vida.

#

Sobreviver é o que resta da tortura. Sua continuação inconfundível. Penso nisso enquanto procuro um livro que quero mostrar a João. Um livro alegórico e, por isso mesmo, dos mais reais. Já é hora de ler *Vidas Secas*, é o que direi a ele assim que encontrar o livro na estante.

É nessa hora que um homem bate à porta, eu pergunto quem é, ele me pede para abrir, diz que veio a mando do prefeito, que se eu não abrir serei levada à força para a delegacia. Olho pelo olho mágico, finjo não ter escutado e pergunto quem é, desculpe, não ouvi. Poderia repetir, por favor, eu insisto. Não há ninguém em frente à porta. Penso em abrir, embora esteja tomada de pavor. Olho para João, que permanece concentrado no quarto em seu jogo de computador como se nada tivesse acontecido. Pergunto se ele ouviu a campainha, ele diz *não* e comenta que ouve apenas a briga dos vizinhos nesse momento. E eu não ouço mais nada.

#

Escolho o que posso contar a Betina. Há verdades impessoais que não me comprometem, aquilo que todos podem saber, aquilo que qualquer um poderia ter percebido, o que está nos livros, nos jornais, o que é lógico, o que pode ser narrado por qualquer um para qualquer outro, o que virou história, filosofia, antropologia, sociologia. Até agora consegui deixar claro que estava junto às irmãs, não tanto a ponto de saber detalhes. Betina deve juntar os fatos em sua mente. Não sei, contudo, se convenço a mim mesma.

Não posso dizer a ela que Adriana não estava na escola no dia em que os homens apareceram. Conto que eu não perdia uma aula quando, na verdade, eu jamais consegui levantar cedo sem muito esforço. Sem que minha mãe gritasse comigo. Agora, nesses tempos em que não durmo mais, ainda me vem à memória o sabor daquele sono antigo no tempo anterior a tudo, quando eu ainda tinha medo de morrer. Naquele dia, eu estava na aula e Adriana não foi. Eu deveria avisar aos professores que ela estava resfriada. Sustentei o pedido de Adriana sem que ela tenha me explicado para onde iria. A Betina eu digo que as irmãs estavam sempre juntas. Que Adriana seguia Alice em todos os lugares.

Entre o tédio escolar e o controle de minha mãe eu tentava entender Adriana, leitora de todos os livros, de todos os romances, a entendida de todos os assuntos, aquela que no começo da faculdade de direito já dava aulas na escola na qual eu ainda estudava embora eu fosse apenas um pouco mais nova do que ela. Adriana, aquela que eles vieram buscar. Aquela que não estava lá.

Não a encontrando, aqueles homens perguntam a mim onde moramos. Eles querem o nosso endereço, os endereços de amigos e parentes. Dizem que estão interessados no que estamos fazendo. Eu pergunto do que falam, eles respondem que precisam falar com ela. Não sabem que viemos do sul, que meus pais são mais velhos que a média dos pais de estudantes, que não conheci avós e não tenho tios, que todos morreram há muito tempo e que por isso não há endereços de parentes.

Entro no carro daqueles homens para levá-los até a minha casa e os conduzo ao endereço de León. Eles tentam conversar como se fossem produtores e diretores de cinema. Querem falar com Adriana, me dizem, porque estão produzindo um documentário sobre o movimento estudantil. Estão começando a pesquisa, conhecendo as pessoas. Comentam sobre um roteiro que está pronto. Eu conto que vou muito ao cinema. Que vou adorar participar. Não pareço eu falando, nunca fui tão expansiva. Eles dizem que podem fazer cinema comigo. Que posso ser a atriz principal. Eu penso que estou bem na conversa, despistando ou pelo menos fingindo bem. O mais importante naquela hora me parece ser a chance de que eles percebam que estou disponível, que não tenho nada a esconder.

Batemos à porta sem que ninguém venha atender. León deve estar escondido. É evidente que não deve abrir a porta. Olha pelo olho mágico. Lina limpa a privada, distraída, sem pensar em seu destino, como eu não penso no meu. Eu mesma, por mais idiota que seja, consigo perceber que aquela visita não é boa, que aqueles não são amigos de Adriana, nem meus, como tentam parecer. São mais ou menos jovens, não devem ter mais de trinta anos, se vestem com roupas diferentes das que vejo nos rapazes do nosso grupo. Levá-los até ali não adianta nada e talvez tenha sido um erro meu já que León tem sua função de alcaguete que, de algum modo, talvez eu intua, embora ainda não saiba nada sobre isso naquele momento. De qualquer maneira, preciso despistar, ganhar tempo e não tenho ideia melhor do que bater à porta de León.

Os homens me olham desconfiados. Eu digo que não tenho a chave de casa, a porta está sempre aberta, falo com uma firmeza que desconheço em mim. Que, se esperarmos um pouco, alguém deve chegar. Digo que meus pais estão viajando e que a empregada da casa deve ter saído para comprar pão, mas deve voltar em breve. Que Adriana deve estar logo em casa também. Voltarão para conversar durante a semana, eles dizem depois de um longo silêncio. O mais gordo faz anotações em um caderno. O outro, o mais falante, me diz que pretendia tomar um copo de água, mas que ficará para a outra vez. Eu espero o carro desaparecer, sento na calçada e quero chorar, mas não consigo.

Aprendo a ocultar Adriana, a dona da história que não me pertence, a história que herdo, a história de um paradoxo, a história de minha vida, uma vida não vivida. A história à qual Adriana não teve direito. A história que tampouco eu cheguei a viver.

#

Conto a Adriana sobre a estranha visita dos cineastas. Ela fica alarmada. Me pergunta sobre cada detalhe físico, sobre cada frase pronunciada, eu falo tudo o que sei, narro até mesmo as pausas, os silêncios. Não guardei os nomes. Os nomes não importam, os homens eram falsos, eu sei, ela sabe. Digo-lhe que quase acreditei neles. Que seria ótimo se fossem cineastas e fizessem um filme sobre a vida dos estudantes. Adriana me diz que eles vieram nos prender. Que somos a caça e eles são os caçadores. Que não devo dizer nada a ninguém.

Nos dias seguintes Adriana está mais presente em casa. Eu tento conversar com ela na cozinha, na sala, durante o banho, mas nossa mãe está sempre por perto. Acordo-a de madrugada um dia antes de tudo acontecer para conversar melhor sobre o que está se passando e Adriana não me dá ouvidos, ela está cansada, quer dormir, diz que me falará quando for necessário, que, por enquanto, devo ter paciência e não dizer nada.

Sou acordada por homens estranhos todas as manhãs desde aquela época. São funcionários que têm a tarefa de nos conduzir até a sala onde acontecerão os interrogatórios, mostram o rosto sem medo, rostos turvos como vejo até hoje quando tiro os óculos. Esses rostos se misturam na minha memória. Me avisam em coro que a minha história não me pertence. Que nunca saberei onde estou e aonde devo ir.

Continuo a perder minha história, a viver onde eu poderia não ser, a não esperar, a não dever, a não prestar, a não servir, a não poder. Sem identidade, fora do tempo, eu ouço um som metálico, um eco que repete Adriana mil vezes sem parar. Percebo que da vida o que pesa, o que conta, é o tempo e esse peso de chumbo que, adensando o ar, me põe em suspenso.

Perco, a cada dia, parte dessa história não vivida entre o cadáver abandonado no necrotério da história e uma imagem apagada que, no espelho em que me olho agora, me faz ser meu próprio fantasma.

#

Poucos dias depois, presa no pau de arara, um pensamento vem de fora de mim, me serve de legenda e me tira, como um livro que se deseja muito ler, do espaço e do tempo ao qual sou condenada. Esse pensamento dura por dias e deixa meu corpo completamente anestesiado pela dor e pelo horror.

O torturador quer um igual. Procura um parceiro, um espelho, uma prova de si mesmo. Está preso a uma solidão imensurável. Ele sabe que não existe tal como não existem esses que, hoje, vendem o solo, vendem a floresta e vendem até mesmo a água, destruindo a vida de populações inteiras. O torturador está ali aplicando ao corpo de uma pessoa o que outros aplicam ao corpo da terra. Ele não existe e quer me fazer não existir.

Acostumados a fazer isso com rios e mares, com florestas inteiras, com cidades inteiras, os donos do mundo treinam o horror em cada corpo. Vivem em seus helicópteros sobrevoando uma cidade cuja população eles matam sem que tenham que sujar as mãos. As pessoas são torturadas a cada minuto sem ter o que comer, como cuidar de si, sem ter o que esperar, o seu desejo tendo sido aniquilado. Nem seus barcos de luxo encalhados nas marinas secas são capazes de sensibilizá-los. Vivem de restos. Como abutres que ainda podem voar e não percebem o destino inscrito no miserável complexo de Ícaro do qual não podem se livrar.

#

Sem saber o nome dos meus inimigos, daqueles que evitavam me matar enquanto me estupravam sem escrúpulos, eu pensava em destruí-los. Os culpados vinham a minha mente como um enxame de insetos peçonhentos que entravam por meus buracos e que eu só conseguiria destruir se não me deixasse levar. Naqueles dias, ensanguentada e imóvel, perdendo gradativamente minha condição de pessoa humana, conheci a real dimensão da inimizade ao me perguntar o que teria sido feito de Adriana. Para mim, Adriana tinha se tornado a culpada de tudo. No meio daquela atmosfera de morte eu não conseguia pensar em nada muito diferente.

Em meio à dor, Adriana me vinha à mente como alguém que sabia exatamente o que estávamos fazendo, eu pensava que ela estava presa como eu em algum lugar e que teria colocado toda a culpa em mim. Em uma fantasia que só consigo dissipar depois de muitos anos, vejo

Adriana informando onde eu estou, que estou com León, que é fácil me pegar. Tendo me acostumado às atrocidades dos governos e das pessoas comuns contra elas mesmas, na minha fantasia, Adriana sabia mais sobre mim do que eu mesma.

Sobrevivi com um ato mental único, que consistia no esforço emocional de suportar o que estava se passando em nome da possibilidade de sair dali e capturar meus inimigos. Hoje vejo que eu delirava. Demorei a entender o papel de cada carcereiro, de cada coronel, de cada soldado, de um médico que prestava serviço no sistema da maldade arquitetada em filigranas cujo nome é tortura. Eu, uma peça na qual se aplica cuidadosamente uma espécie de ácido para ver quanto ela é capaz de resistir antes de quebrar. Demorei a entender a lógica da abjeção. Demorei a entender o que era a vida nesse confronto delirante com a não vida que ainda não é a morte.

Na sala de tortura, esse cenário bizarro com personagens indescritivelmente maus praticando a abjeção e as vilezas mais torpes, ocupei o lugar da personagem inessencial, aquela que será destruída assim que necessário. Aquela que será obrigada a permanecer viva quando morrer significaria, paradoxalmente, uma libertação. Eu, a personagem inessencial de uma narrativa de abjeção. A abjeção que visa a tornar o corpo algo repulsivo e, por meio dele, o espírito.

#

Pés e mãos amarrados. A ameaça de cortarem meus seios. Um homem pergunta *onde estão os outros*. Avisa que cada um será morto. Que minha língua será arrancada. Os choques vêm primeiro nos pés, depois na vulva, depois na cabeça. Ele me chama de Adriana, eu não consigo responder.

Eles me dizem: *todas as Adrianas pagarão bem caro. Serão capturadas nas ruas. Sem exceção, virão ajudar a resolver seu problema.* No meio da confusão, penso que meu nome não é Adriana, que há um erro fundamental, e me pergunto o que ela faria se estivesse ali, no meu lugar.

A pele se torna densa como uma casca de árvore. Depois de dias na geladeira, minhas pernas não se movem mais e minha pele começa a adensar-se como uma casca de árvore. Parece uma fantasia, é um efeito do grito que emito com a esperança de que me matem com um tiro no meio da nuca. Seria prático, eu penso. Mas, por qualquer motivo, não há tiro de misericórdia para mim.

#

Não entendo o que sobra do meu corpo, não entendo o que está inteiro e o que permanece estilhaçado, não vejo diferença entre a pele lisa e a cicatriz, o ouvido que ouve e o ouvido que não ouve, o olho que vê e o olho que não vê, como não entendo, até agora, a mulher caída no concreto dentro da cela sobre a poça de sangue com as pernas esticadas e um rosto que não posso olhar. Faz tempo que o medo é uma cortina preta que uso para tapar as janelas abertas desse projeto monstruoso que é viver. Demoro a entender até hoje. Não consigo imaginar meu rosto no meio disso tudo.

Penso agora no rosto de minha mãe, no que ela me diria ao ver-me com essas pálpebras caídas, a textura seca na pele, os cabelos a cada dia mais brancos. Ela me chamaria de velha e diria que Adriana continua igual. Se a vida tivesse seguido um rumo mais normal, sou capaz de acreditar que hoje eu riria.

Depois de anos ao lado do telefone, com a televisão ligada a esperar notícias, a imaginação cheia de mortos, eu sendo um deles, quando minha mãe já não esperaria mais nada além de sonhar com Adriana, eu entraria pela porta perto dos 60 anos como estou agora, ela velha, mais de 90, vivendo de restos de memória. Ela permaneceria sentada na velha poltrona marrom onde passou os últimos anos, perguntaria quando eu teria morrido e eu não saberia perguntar quando ela teria vivido.

Ela me olharia nos olhos, perplexa com a minha aparição direto do outro mundo, perguntaria se sei que meu pai está morto. Se o vi, se encontrei com ele onde estou. E, sem medo algum, questionaria se eu estava ali para buscá-la.

Mas poderia ser pior do que tudo isso, ela poderia simplesmente fingir mais uma vez não ter me visto.

#

Dentro do corredor da morte que é a vida, outros corredores. É nesse corredor da morte que ando devagar encontrando sempre o mesmo caminho que se desdobra inúmeras vezes em novos corredores que conduzem ao mesmo lugar. É nesse caminho em que todos caminham que encontro um corredor que se abre apenas para mim, um corredor no qual serei levada como se não estivesse morta, ou como se estivesse viva. Um limbo no qual devo permanecer inteira mesmo que despedaçada, um lugar em que a esperança de sair é a obrigação maior de todas enquanto, ao mesmo tempo, sei que não há saída e que, mesmo se eu sobreviver a isso, será apenas de um modo parcial.

Sou acordada todas as manhãs pelos funcionários do setor de encarceramento, sei que os dias passam porque mudam os carcereiros, num dia é Ângela, que nunca mereceu esse nome, no outro é Ronaldo, no outro é Alfredo. Apesar do estado de entorpecimento pela dor em que me encontro, sei que é a dor que também me ajuda a esquecer o respeito que eu deveria reivindicar.

Eu me lembro desses três nomes e do modo como me chamavam. Cada um à sua maneira, com sua própria criatividade. Ora Geni, ora Claudinha, Mariazinha, Fernandinha. Diferentemente do homem ou dos homens que me estupram, eles não me chamam com nomes animais. De todos, aquele de quem mais tenho medo é Alfredo, que usa um chapéu-panamá. Ao me levar para os interrogatórios, ele me segura com força, me toca os seios e eu não falo nada porque tenho medo que vá em frente e faça coisas piores. Já não sei bem o que podem ser essas coisas piores diante do que está sendo vivido. É diferente do estuprador. Mas não sei dizer exatamente por quê. Não tenho mais nada de meu, nem meu corpo, nem meu pensamento, perdi todo o senso de dignidade e só não conto o que sei aos coronéis que nos interrogam com essa violência de cães raivosos porque não sei de nada. Quando consigo perguntar por que fazem isso comigo, eles riem, depois me dão um tapa na cabeça alegando que é para eu me borrar nas calças até morrer afogada em minha própria merda.

#

Não consigo ouvir o que dizem quando me dão choques, quando espancam meus ouvidos. Manoel me conta muito tempo depois que aquele é o telefone, eu rio quando ele fala *telefone*. Ele me chama de estúpida porque rio. Paro de rir porque tenho medo que ele me mate, ou se mate, nessas horas em que sai de si, lembrando que também achei estúpidos os militares chamando aquela violência por um nome tão singelo.

Então me vem à mente o telefone sem fio feito de lata que eu usava com Adriana quando éramos meninas, quando também ela me chamava de estúpida porque eu me distraía facilmente e logo abandonava a brincadeira. Quando enrolam os fios de cobre e jogam água sobre mim para que o choque seja pior, continuo sem entender, ouço alguém dizer *estúpida*, levo um tempo para entender que o efeito deveria ser pior ainda. Quando me batem nas mãos com a mesma palmatória que conheci na escola por uma professora que queria nos punir por não aprendermos matemática, eu não entendo e logo penso se, por não entender, eu sou mesmo uma pessoa estúpida.

Quando vejo Hildo, 8 ou 9 anos de idade, negro e faminto com o cabelo bem aparado para mostrar que é asseado e respeita a instituição, sendo espancado pela professora que o segura pelos cabelos que ele tem no topo da cabeça ao modo de um pequeno militar, e bate com seu crânio, no qual foram cravados dois olhos assustados, na superfície rugosa da lousa negra, assumo a certeza de que é preciso apagar-se nesse mundo para poder sobreviver. Quando menina, eu temi ficar com os olhos assustados como os de Hildo por frequentar aquela escola. Eu me perguntava por que se vai à escola, se é para isso, para esbugalhar os olhos, para aprender a ter medo e chorar sem gemer.

Retiro-me com meus pensamentos para o silêncio. Penso em visitar Cacilda Becker de novo, levar-lhe flores. Nesse mundo em que imitamos os vivos, não conhecemos a paz. Eu aprendo a amar os mortos vendo do que os vivos são capazes.

#

É meu aniversário no dia seguinte à chegada à prisão. Estou cansada. Perco a noção do tempo entre o dia claro e a noite. Quero saber se há um fio de memória a ligar esses opostos. Finco os pés no chão como se uma simples postura firme pudesse me sustentar.

Todas as manhãs, há quarenta anos, a cada dia um soldado, um policial, um coronel, um general, o carcereiro com um chapéu-panamá na cabeça, o que caminha lento, o que me põe a mão, me levam pelo braço. O que cospe em mim, o que baixa os olhos, o que me dá um pão, o que me dá um tapa me levam pelo corredor. O que me puxa o cabelo, o que me corta o cabelo, o que me dá uma roupa, o que me estupra, o que abre a porta com um pontapé e me conduz pelo corredor da morte que é a vida. O que me leva pelo braço toca com o cassetete nas minhas canelas como se avisasse que preciso prestar atenção ao fim do mundo. Eu digo a Antonio que continua a doer, ele não sabe o que digo, eu não posso explicar melhor. Eu grito na janela. Ele me chama de louca e tenta me aprisionar em suas palavras envenenadas.

No entanto, João dorme no meu colo e sei que não estou morta.

\#

Sob pontapés e xingamentos, viajo a um tempo conhecido. Desperto com o calor molhado que se repete há anos na minha cama. Levanto em um salto arrasada por não ter conseguido impedir o fenômeno. Minha mãe me bate com o que tem à mão, dessa vez é o cabo de uma concha. Não é uma colher de pau, nem um pedaço de lenha, nem uma vara, nem um pedaço de mangueira, nem o fio do ferro de passar roupa. Não sei o que faz tão cedo com uma concha na mão. Se a usava para alguma coisa, tirar leite de uma panela para uma xícara, ou se era o que viu primeiro na cozinha antes de seguir para o quarto que divido com Adriana.

Acordo deitada no sofá com o cheiro do vinagre que minha mãe coloca em meu nariz. Entendo que desmaiei no olhar assustado que minha mãe, transformada em meu algoz, desvia do meu.

Aprendo a suportar o insuportável. Quem alcança essa façanha deixa o corpo no meio do caminho. Não tenho forças, nem mesmo a força de sentir, o que me faz paradoxalmente forte.

\#

Continuo, a cada manhã, a cada tarde e a cada noite a perder a minha história como geada que derrete em solo infértil. Abro e fecho as páginas de um livro não escrito enquanto o frio entra por uma porta que não pode ser fechada.

Pelo corredor, com as mãos inchadas de tanto apanhar, os punhos machucados presos a algemas, os joelhos esfolados, os dentes que me restam a sangrar, os cabelos e o corpo inteiro sujo de sangue, urina e fezes, meu corpo sujo da sujeira do meu próprio corpo, continuo a viver onde eu não sou, onde não serei.

9

Com uma mochila velha e a pasta cinza na mão, Antonio senta-se ao meu lado no banco da praça da Sé, em que me deixo descansar depois de horas a caminhar pela cidade. Meu joelho dói, são os primeiros sinais da velhice que muitos amenizam ao usar o termo idade para se referir ao tempo.

Mais de quarenta horas de viagem de ônibus atordoam qualquer um. Antonio me pergunta trivialidades para disfarçar a inadmissível sensação de medo que tem nessa hora depois que atravessou o país e chegou a um lugar que um dia foi considerado seu centro. Finge interesse, tenta equilibrar na voz o corpo inteiro. Pergunta, primeiro, quem eu sou, o que faço ali, se sou de São Paulo, se conheço bem a região. Entre sorrisos forçados, percebo que ele tenta me fazer acreditar que está tranquilo, enquanto eu penso em contar a ele onde estamos quando estamos em São Paulo.

Antonio se expressa de um modo engraçado, talvez seja isso o que me atrai nele. Ainda não conheço Betina nesse dia ensolarado demais apesar do frio. Logo a imagem de Antonio se desmanchará para mim como já aconteceu com a de outros homens. Aviso que São Paulo escapa à compreensão, que dessa cidade só podemos ter uma experiência de natureza metafísica, e que não é possível encará-la como um destino ruim porque todos nós que aqui estamos já passamos por lugares piores. Quero dizer que ele chegou atrasado, mas não posso acabar com sua esperança logo de uma vez.

Ele sorri para disfarçar o medo, como eu mesma fiz em alguns momentos da vida, na travessia da solidão que me trouxe de volta para cá. Estamos no núcleo perverso do capitalismo brasileiro, digo a Antonio. Ele ri e pergunta se estou brincando. Meses depois, com o poder nefasto da intimidade, perguntará se sou louca. Antonio não demora a mostrar sua falta de qualidade mental, um defeito do espírito. O que ele não compensa com o sexo pelo qual eu pago sempre um pouco mais porque, no fundo, tenho pena dele e porque sei que não se sente confortável com esse trabalho e, se não precisasse tanto desse dinheiro, sei que faria outras atividades. Se eu fosse mais jovem, trabalharia assim. Foi o que fiz sendo esposa de Manoel. Por sorte, Manoel não me exigiu muita coisa nesse aspecto. Fui mais sua empregada e enfermeira do que uma puta que, na verdade, ele nunca desejou.

O coração gangrenado do capitalismo pulsa. Estamos no meio de uma de suas feridas. O corpo do planeta em feridas. Digo a Antonio que ele não poderá conhecer São Paulo. Que o capital cristão está em toda parte, assim como o judeu. Que ele não terá chance com sua tez cabocla. Pergunto-lhe como teve coragem de vir para cá no momento em que sofremos um golpe e que os paulistanos elegeram um psicopata como prefeito. Ele contesta a palavra golpe e depois dela muitas outras. Desde então, tenho que controlar meu modo de falar e ele se torna um sexo cada vez mais objetivo e sem graça. Atenho-me a esse aspecto bem menos interessante do que de outros que se oferecem com menos moralismo ideológico. Minha compensação está em olhar para ele. É bonito como em geral os homens não são.

Antonio pergunta se sou comunista. Eu rio sem muita paciência para a conversa que há de seguir. Ele me diz que devo parar com esses assuntos, que preciso de um amor. Eu, que já não converso com ninguém, vou me calando aos poucos e perdendo a vontade de rir. Só muito tempo depois é que vou dizer que me cansei dele por telefone, que não precisava de nada parecido com amor, que amor não era uma palavra válida para mim. E que ele podia, pelo menos, ser divertido.

Mas Antonio não entende nem a si mesmo e é melhor deixá-lo ser como é até que o cansaço nos separe.

Antonio procura, naquele momento em que nos vemos na praça, pela pensão Anarquia onde um amigo, também vindo de Belém, mora há meses. Tento ajudá-lo a localizar-se no frio que comprime a cidade em uma tarde de segunda-feira. Não há pensão com esse nome, aviso. Ele me garante que há e que fica no centro, na rua Aurora. Prometo caminhar com ele até lá. Três quadras depois, eu lhe indico o caminho, resolvo pegar um táxi e voltar para casa. Desde o começo não suporto conversar com ele por muito tempo.

#

Encontro Antonio na praça da Sé onde passo antes de seguir para a praça Ramos de Azevedo. Sentamos na escadaria do Teatro Municipal. Eu observo as pessoas, ele me observa. Conversamos pouco. A pensão Anarquia fica na rua Vitória, não na rua Aurora. Pensei comigo na ironia desses nomes em uma cidade cada vez mais autoritária e sem futuro. O amigo é um professor de filosofia que, segundo Antonio, se considera um gênio como todos os professores de filosofia. Parece que o recebeu friamente em sua chegada esquecendo que não se viam há mais de um ano. Antonio é um menino do interior que tenta se autoenganar de que é um homem disponível para o mundo. Não lhe digo que só as pessoas das províncias têm expectativas sociais, essa abertura ao outro, essa vontade de fazer parte do mundo que outros não adquirem ao longo da vida nem com muito esforço. Em São Paulo, ninguém espera nada de ninguém. Todos são, de algum modo, abandonados à própria sorte ou à falta que os une. No interior, as pessoas ainda valorizam os encontros, os olhares, certo reconhecimento. Quem vem do interior nele permanece, eu me consolo. Prefiro os do interior, os perdidos na cidade grande que, como Antonio, não entendem certas coisas. Aqueles que ainda desconhecem a regra pela qual não se deve esperar nada de ninguém.

Em poucos minutos de conversa, Antonio me mostra o amontoado de folhas dentro da pasta a que chama de livro. Aos seus olhos, pareço diferente das pessoas sentadas na praça naquele momento. Logo ele verá que somos todos iguais, os que têm teto, os que não têm teto, os que podem comprar água e os que vivem da água do reservatório morto, ainda que por enquanto Antonio prefira acreditar que o admirável mundo novo no qual chega lhe reserva alegrias incomuns enquanto para os demais resta o sofrimento. É sua primeira vez em São Paulo e será a única, uma longa e única vez. Eu sei. E não me arrisco a dizer a ele. Não digo a mim mesma que vou me apegar a ele por uns tempos até enjoar.

Nos primeiros dias, eu o vejo destacado da paisagem, solto como um display, como tantos outros que transitam pelas ruas como cartazes recortados simulando uma pessoa viva, a procurar lugar no tempo e no espaço, um vão no caos da cidade grande para a qual ele abre os olhos e que para mim já não tem mais nada de admirável, não é mais um mundo, nunca chegou a ser.

Antonio me pergunta quem sou, o que faço sentada entre pessoas e esses cães sem dono. Sem esperar resposta, diz que só posso ser artista, que devo ser escritora, que minha presença na praça é inverossímil. Guardo a palavra inverossímil, e quando a uso novamente, meses depois, falando que Betina viajaria e me deixaria por uns dias com João, ele a rechaça a dizer que é pedante. O mal da intimidade torna Antonio uma peça desagradável no dia a dia à medida que a falta de sorte o torna alguém ressentido.

Betina viaja, eu cuido de João por um tempo, como minha mãe cuidou dela, o que ela não soube fazer bem, me diz Antonio, porque Betina é assim, continua ele, por minha causa, e quando pergunto a ele como é Betina, em que sentido Betina é *assim*, o que significava *assim* em seu discurso, ele apenas me diz que o que está feito está feito.

Antonio nunca viu Betina. As frases feitas, as sentenças prontas, os julgamentos fáceis dão muito prazer a pessoas como ele. O discernimento não importa para o jovem de classe baixa com veleidades intelectuais que vem à cidade grande e não encontra um lugar ao sol. Ao mesmo tempo, sei que ele tem vontade de pensar melhor. Apenas não tem condições. Que eu me veja tão próxima dele e, ao mesmo tempo, permaneça tão distante, continua sendo um mistério para mim.

Antonio me encontra só e até hoje, mesmo perto de mim, mesmo me chamando todos os dias para conversar, ele me ajuda a estar só. É com sua ajuda, como antes tive a de Manoel, que me mantenho longe de todos. E é por isso, apenas porque, de algum modo, o coloquei no posto de guardião da minha solidão, que tenho suportado sua presença.

Com o tempo, aprendo a conversar com ele nessas conversas em que apenas ele tem razão, falando pouco, ouvindo muito. Não posso dizer que prefiro ouvir a falar. É provável que seja essa a verdade que no fundo eu busco confirmar ao encontrar com as pessoas na praça, sobretudo as mulheres que sempre me contam histórias piores em conteúdo do que a minha própria história. Quantas fogem de maridos, de namorados, de homens que ameaçam sua vida e a de seus filhos, a tal ponto traumatizadas que não conseguem dizer de onde vêm e para onde vão.

Também eu não tenho vontade de falar de mim. Naquele dia em que Antonio aparece e conversamos pela primeira vez, eu com meu nome falso que se tornou verdadeiro, ele apresentando-se como Antonio Cruz, eu sem saber bem o que dizer sobre ele, muito menos sobre mim, ele cheio de uma impaciência que o tornava completamente diferente das outras pessoas que apareciam perdidas na praça, ofereço a Antonio uma segurança existencial básica, aquela que todos desejam, ricos ou pobres, inteligentes ou idiotas. Eu que nunca quis um lugar, eu que vivi de estar por aí, penso se não me tornei um lastro para Antonio, perdido na monstruosa cidade de São Paulo.

Antonio fareja minha fragilidade desde o início. Aceita o que tenho a oferecer. Dinheiro em troca de sexo. Nada em troca de nada.

#

Aprendi a me distrair, explico a Antonio. Aprendi a esquecer. Digo-lhe quando perfuro sua barreira de palavras organizadas sempre prontas ao argumento. Antonio fala comigo de um jeito medido, sem dar tempo para que eu explique o ponto de vista que, com muita dificuldade e sem esperança de chegar a um termo, eu tento organizar. Então não digo muita coisa, no fundo eu também estou com medo dele, embora possa parecer falta de interesse, o que tento disfarçar no começo até que aprendo a deixá-lo falando sozinho sem me sentir culpada. Eu me pergunto se em algum momento ele fala realmente comigo, sem poder perguntar a ele mesmo se tenho razão.

#

Sentado na sala de espera que poderia ser de um consultório médico, Antonio passa a manhã a esperar um editor que não o recebe. Primeiro ele fica até o começo da tarde, no dia seguinte ficará até o fim do expediente, e na semana seguinte a secretária sugerirá que ele vá embora sem deixar uma cópia do livro. O livro permanece dentro da pasta cinza. As pessoas só acreditam naquilo que se entrega em mãos, ele me diz. Antonio vem de outro tempo, é tão jovem e é tão velho.

Cansado, finge não se deixar abalar. Ele me olha dos pés à cabeça, fala um pouco mais devagar quando se dá conta da velocidade de suas palavras e de como eu não entendo o que diz. Pergunta o que eu faço, quem sou eu, de onde eu vim, como se nunca tivesse me perguntado isso. Não respondo agora, nem depois. Minha atenção sobre ele dura pouco. Antonio é antiquado e cansativo e o sexo com ele é praticamente uma sessão de relaxamento que se conseguiria com uma massagem um pouco mais profissional.

Antonio é uma escolha também porque, desde que voltei ao Brasil, precisei de uma válvula de escape que me compensasse de meus anos com Manoel.

#

Tento encontrar um argumento que me faça sair do peso da culpa que cresce a cada dia em que, vendo Betina, desejo ser Adriana enquanto sou, de algum modo, o que resta dela.

Digo a Antonio que ser vítima da história me entristece. Que tudo poderia ter sido diferente e que não há nada mais doloroso do que olhar para esse passado vazio. Volto a dizer que gostaria de mudar o destino. Que o logro histórico do qual sou vítima também vitimou Betina. Antonio me diz que estou buscando explicações abstratas para o simples fato de que o comunismo era esse logro. Eu não era comunista. O comunismo não existe. Infelizmente, eu completo me vendo falar sobre alguma coisa que eu mesma nunca pensei. E Antonio é incapaz de entender a complexidade disso.

Ele não suporta quando discorro sobre os interesses econômicos norte-americanos e os donos do grande capital, que levaram àquele estado de coisas. Eu não podia imaginar o que estava se passando naquela época. Antonio não me deixa falar, ele diz que motivações abstratas não nos levam a nada. Que não há um inconsciente, que o capital é a liberdade, que estou sonhando. Digo que sou a vítima de condições abstratas. Que sou a própria abstração. Que sobrei. Que sou o impensado da história. Antonio irrita-se e disfarça rindo. Ele me diz que devo ser uma agente infiltrada. Uma intelectual. Pergunta o que estou a esconder. Estou imóvel diante dele e busco não ouvir o que me diz. Ele afirma, para acabar de vez com a conversa, que a esperança que eu defendo já morreu e que não percebo que fui devorada pela história porque sou uma pessoa iludida. Sou mulher e pago com o romantismo dessa condição.

Então eu mesma me pergunto, quando saio a caminhar, deixando Antonio sentado no café da rua Augusta onde paramos para escapar do estranho calor que abateu a cidade desde o meio-dia como se ela fosse queimar inteira, eu me pergunto onde andará Betina. Há mais de duas semanas desde que me deixou com João e não deu mais notícias.

Nesse momento, contando pedras na calçada por onde ando, percebo a falta que a esperança me faz e não sei onde buscá-la.

#

Pessoas como Antonio vivem de seu próprio medo. Talvez o simples medo da morte, tão natural para qualquer pessoa, talvez o medo da fome que também se tornou natural entre nós ainda que esteja oculto na cultura de consumo que nos torna a todos abutres, como consegui dizer a ele naquele dia, na primeira vez em que nos encontramos na praça. Talvez aquele medo de quem, sendo capaz de viver no centro de uma cidade como São Paulo, onde tudo pode acontecer, procura instâncias minimamente seguras onde situar-se, o que se consegue tantas vezes entrando em uma igreja, em um museu, em uma loja e, mais raramente, se alcança no olhar do outro, porque há um olhar, mesmo que seja raro, e esse olhar sabe de que medo se trata e justamente se reconhece nesse outro, por meio de um simples olhar, como um igual. O olhar em que o medo de um conversa com o medo do outro.

Antonio me pergunta sobre a fantasia que me faz viver. Eu respondo que meu mundo é totalmente real, que eu nunca fantasio. Eu sou o efeito de um grande delírio estatal, uma fantasia do mal governamental, mas ele não entenderia se eu falasse assim. Adoraria poder dizer a ele que é isso o que me separa de Cacilda Becker. Talvez, no meu caso, eu pudesse falar em destino se fosse comentar o passado. Pondero, deixo a conversa transcorrer com a imprecisão necessária ao momento. Tudo é real demais, é o que digo a Antonio quando busco me expressar de um jeito mais reto, como se lançasse flechas sobre ele, como se atirasse nele para que finalmente pudesse me entender. Para que soubesse que o destino já aconteceu. E que, apesar disso, não há ressentimento. Que está tudo bem, que em relação à vida só falta finalizar.

10

Tomo café com João e derramo leite quente em mim mesma. Levanto a blusa para afastar o calor e João me pergunta o que tenho na barriga. Conto-lhe que é uma tatuagem. Ele pergunta por que tem essa forma, como uma cruz de igreja. Digo-lhe que foi feita por um homem que não sabia desenhar. Ele pergunta por que deixei que fizessem isso comigo. Respondo que dormia e não tinha como controlar. Ele diz que é muito feia e logo pede desculpas, consciente do perigo da sinceridade. Eu o tranquilizo concordando que, de fato, é feia. Não posso dizer a ele que tive um filho, menos porque a partir daí teria que lhe dar explicações que eu mesma não tenho, e sim porque não se trata nesse caso de se *ter um filho* em qualquer sentido mais convencional. O que aconteceu não comporta a dimensão da vida em sentido algum e eu não saberia como explicar isso a João.

#

Depois de meu nascimento, minha mãe não pôde mais ter filhos e se ressente por isso em uma época em que ter filhos define a dignidade de uma mulher. Ela nunca diz que a culpa é minha. Não é preciso dizer.

Eu soube desde cedo que éramos iguais aos nossos nascimentos. Como fomos iguais à nossa vida, como somos idênticos à nossa morte. Penso hoje na minha morte, na morte que há de vir. Penso em morrer dormindo sem que ninguém perceba. Em morrer atropelada. Em morrer de câncer. Em morrer de infarto. Em morrer de velha. Em me matar. Vou morrer caindo da ponte sem que ninguém perceba. Morrer em retirada, em fuga da seca de São Paulo para onde vieram tantas pessoas fugindo da seca do nordeste. Morrer afogada na última água que resta. Bem longe daqui.

Betina saberá dias depois, quando for verão e ela tiver viajado com João para o Siriú, longe de tudo, em Santa Catarina. Sem esperança de que o sertão vire mar, ela irá ao último paraíso na Terra. Ela ligará para Antonio ao perceber que não atendo o telefone há dias. Terá me ligado porque João quer falar comigo. Antonio dirá que não falo com ele há muito tempo. Minha ausência será, a partir desse momento, um problema policial e jurídico. Antes não chegou a ser. Betina chamará o zelador do prédio, o vizinho com quem nunca conversei durante todo o tempo em que morei ao seu lado na ala D do Copan, e, depois de arrombarem a porta, informarão meu desaparecimento à polícia. A polícia recomendará que me procurem no necrotério para economizar burocracias. Betina não me encontrará no necrotério. Voltará à polícia para prestar queixa quanto ao meu desaparecimento sem saber como contar a João.

Ficarei para sempre desaparecida. Mais uma vez sem lugar. Desaparecida como Adriana. Desaparecida como Alice. Morta como eu mesma, finalmente nas últimas águas que restam. Como Rosa Luxemburgo em águas profundas. Terei finalizado meu caminho na ponte Rio-Niterói, depois de ter pegado um ônibus para o Rio de Janeiro em um dia nublado para combinar com a paisagem. Mortes em dias de sol são muito tristes.

Tivesse água em São Paulo e eu teria morrido por lá. Ninguém ficará sabendo disso. Dessa preferência. Não deixarei uma carta. Deixaria um livro, ou vários, se soubesse escrever. O mar aberto do Rio de Janeiro me enche de ideias. Talvez os outros pensem que foi uma atitude revoltada contra a velhice. Por enquanto, estou gostando dela, dessa pequena dor que atravessa o corpo me fazendo lembrar que existo. Betina dirá que sou mórbida. Eu direi, imitando Sêneca, que a morte está onde eu não estou.

#

João me pergunta sobre os livros na estante, por que tenho tão poucos, por que minha casa é tão vazia, por que na geladeira só tem coisas de criança para comer. Eu fico quieta, depois respondo brincando que ele pergunta demais, que as respostas estão ao alcance da mão. Ele me mostra as palmas das mãos abertas e, num movimento de precipitação, toca as paredes. Diz então *Lúcia, você está enganada*.

Ando com ele pela rua, a caminho da livraria, um sebo gigantesco que guarda o que sobrou das livrarias e de livros deixados pelas pessoas que já abandonaram a cidade. Os livros de papel são muito mais baratos do que os digitais, que se tornaram símbolo de status. O Sebo Fim do Mundo fica na Catedral da Sé, uma das poucas igrejas que não foram vendidas pelos padres aos neopentecostais que representam há muito tempo a nova onda religiosa. No Fim do Mundo João escolherá seu presente de aniversário. É 10 de agosto e ele completa 12 anos, e caminhamos pela rua quando percebo que esqueci a carteira com dinheiro. Estamos perto e sugiro que voltemos. Ele prefere entrar na biblioteca Mário de Andrade, há uma porta, ele diz, pela qual algumas pessoas se mantêm retirando livros e devolvendo-os apesar do fechamento do local. É a falta de água, eu comento. A maioria dos museus também está fechada por falta de água, digo a João. *Falta de amor*, ele responde. Eu o abraço.

Melhor do que uma livraria, você vai ver, ele me diz como um consolo. Eu não penso o mesmo enquanto estamos no meio da rua, o ar abafado pela nuvem de poluição que desce até o chão, e não chego a falar o que sinto para não interromper sua alegria breve. João comenta sobre os livros que poderemos escolher, eu me divirto com suas ideias, embora esteja cansada e o asfalto se torne líquido a cada vez que piso nele. Talvez o movimento dos carros sob essa neblina peçonhenta leve à tontura. João me diz que está muito quente. Não consigo acreditar no que percebo, os prédios derretem, meu corpo treme. O barulho atravessa meu corpo, arranca meus ouvidos, paralisa minha respiração, João fala, eu não escuto. Ele sacode meu braço, me chama

Lúcia, Lúcia

Tudo é branco. Estou no porta-malas de um carro, a sensação do cano gélido e áspero do revólver rente à testa. Estou na sala fria, o choque vem dos fios de cobre ao redor dos dedos e se paga com o cheiro dos cabelos queimados. Estou de joelhos no chão de cimento, um soco nas costas me faz cair com a testa para não levantar mais. Estou na cadeira de aço, um tapa na parte de trás da cabeça, outro no rosto e eu não consigo chorar. Ou estou na solitária, onde o frio se mistura à náusea. Ou estou no pau de arara e sinto a dor paradoxal que separa meu corpo em muitos pedaços e, ao mesmo tempo, tudo anestesia. O espaço é o lugar do inominável a ser habitado eternamente, e a dor é apenas um sinal de que há uma parte viva no corpo.

Acordo no chão, João está assustado a segurar-me pelas pernas para devolver o sangue à minha cabeça. Uma jovem de mochila nas costas e *piercing* no nariz segura minha mão e me pergunta se estou bem. Uma vendedora de água me dá uma garrafa, eu digo que não trouxe dinheiro comigo, ela me diz que é um presente. Eu estranho. A generosidade não é um hábito nas ruas da cidade.

Eu e João voltamos para casa em silêncio. Quando chegamos ele come um pedaço de bolo de chocolate e vai para o quarto onde fica a ler *Vidas Secas* até pegar no sono.

Nessa noite ele não lembra dos jogos do computador.

#

Não estou preparada e mesmo assim me parece urgente dizer a Betina quem eu realmente sou. Temo que ela descubra a verdade sozinha e que nunca mais fale comigo. Que me proíba de conviver com João quando não precisar mais de mim para ficar com ele.

Direi quando ela voltar que, no momento em que falar parecia ser a regra, calar se tornou a única forma de vida ainda possível daquele momento em diante, ainda que aquele não fosse exatamente um momento, era muito antes uma espécie de buraco, um vão no tempo. Exatamente isso, um vão no tempo, do tamanho da minha vida.

Revelarei a Betina que agora é preciso dizer o que não se deixa dizer, porque o silêncio, e o direi com a única certeza que eu adquiri na vida, se torna devorador. Ela me olhará tentando escutar, e não o fará senão tecnicamente, mesmo sabendo que deveria tentar um pouco mais. Contarei a Betina que me calei falando, com o cuidado das palavras escolhidas quando se tem medo do que elas possam significar.

Enquanto espero, converso com Antonio, como se experimentasse com ele o que um dia devo contar a Betina. Depois de um tempo sem prestar muita atenção ele pergunta sobre o que estou falando. Eu não respondo. Ele insiste. Eu mudo de assunto. Digo que li um livro impressionante sobre coisas tristes. Antonio me olha como se estivesse pronto a atear fogo em mim. Eu finjo que não estou presente. Ele me chama. Eu caminho para longe.

#

Eu nunca mais diria *Adriana*, senão diante de Betina. Deveria explicar que existem coisas que ficam necessariamente no passado, como Adriana ficou no passado, no lugar onde ficam as sombras, sendo a sombra que atravessa essa casa onde vivo, que me acorda à noite, que, apesar de todas as tentativas de apagar seus rastros, deixa marcas nas paredes e vem compor a imagem mais forte, essa imagem inexprimível que eu poderia usar para explicar minha vida sem, contudo, poder revelá-la, a imagem da represa de merda com a qual sonho quase todas as noites desde que voltei a São Paulo.

A represa vem à tona como um mar intransponível no qual é preciso navegar. Ela surge como um reservatório de tudo o que não faz sentido, a matéria sobrada da vida. Uma vida que perdeu sua tragédia e que se tornou apenas uma montanha de aniquilação abjeta.

Há coisas que mesmo ficando no passado, que mesmo desaparecidas, e mortas porque desaparecidas, retornam mais vivas do que nunca, porque o que está no passado nunca está exatamente morto. E o que retorna do passado é aquilo que não pode ser abandonado. Aquilo que tendo sido deixado para trás não se deixa ficar para trás é o que move quem, como eu, vive na direção de uma fuga impossível.

Adriana foi esse nome impossível sob o chumbo daqueles dias, um nome que torna toda poesia impossível. Um nome que torna a vida impossível. E, no entanto, tudo o que posso dizer agora é *Adriana* e, ao pronunciar esse nome, não sei bem o que digo, sei que é preciso dizê-lo e é por isso que ensino João a ir comigo até a janela e gritar muito alto *Adriana*, porque esse grito é a memória que nos falta. João me pergunta quem é Adriana e eu digo que sou eu. Que Adriana é meu verdadeiro nome.

E gritamos muito, gritamos tanto que rimos, e por fim caímos sobre o tapete e João rola de tanto que ri e eu faço cócegas em sua barriga como se ele fosse um bebê e ele ri mais e, por segundos, esquecemos que há um tempo anterior ao nosso tempo infinito e João me chama pelo meu nome verdadeiro, *Alice*, e então eu acordo como alguém que dormisse há décadas e penso em Betina e penso em ligar para ela, dizer que venha logo para casa. E, com medo do destino, eu logo desisto.

#

Direi a Betina que a morte é o poder dos poderes, que, sendo onipresente, ela supera o tempo, conduz como o anjo da história para a frente, como um retrovisor invertido, mesmo que não haja caminho que não seja aquele da sombra que fica para trás quando a ela nos dirigimos, aquele ao qual todos estão de antemão condenados.

Direi coisas assim. E, no meio de tudo, direi que sou sua tia, e depois que sou sua mãe. Ela não sentirá nada por mim. Serei a vítima do que eu mesma inventei. Terei dito a verdade e isso me salvará do peso do tempo.

11

Manoel, você está morto. As dobras escuras dos seus olhos não são sinal de vida. Você está morto. Essas sombras antigas e espelhadas em si mesmas que aparecem ao seu redor são o desenho do fim.

Manoel, você está morto, eu repito, enquanto ele morre sobre a cama de uma doença fatal e indolor. Digo isso a ele depois de tê-lo instalado no quarto com vista para a cidade. Pergunto a ele se deseja se levantar para olhar uma última vez pela janela. Eu me pergunto se estou sendo má ao revelar o mal que o precipita para a interrupção da vida, tão mal vivida como foi a minha. Digo num tom mais áspero que ontem ele estava tão bem, chegou a sair de casa sozinho para comprar seu veneno diário na forma de cigarros. Que não faz sentido sentir-se tão mal agora. Sei que devo contar a verdade a ele, antes tarde do que nunca e, por algum motivo, não me importo se isso faz com que sofra mais. Penso que o conhecimento desse sofrimento lhe fará bem.

Manoel, eu continuo, você está morto desde aquela tarde em que nos encontramos diante da estátua de Fernando Pessoa, sem dizer nada um ao outro que não fosse a trivialidade de um olá um tanto indeciso. Você deve lembrar que não olhamos exatamente para os olhos. Nos dirigíamos, você e eu também, para a sombra interna, para o buraco que segura o olhar quando, ao encarar o outro, alguém descobre que não tem nada a dizer. Você pegou em minha mão, me pediu desculpas e pediu que eu ficasse com você. Tomei suas palavras como um dever inescapável e, por ter aceitado, fui até o fim. Inerte em uma curiosidade que durou décadas, sem entender por que você me pediu desculpas.

Ficamos com o lado caolho da alma escondida atrás do globo branco, e então como dois olhos que se cruzam em uma sala de reunião ou em um enterro, onde nada faz sentido, onde ninguém, mesmo estando ali, está presente, ficamos nós dois, suspensos em nossos corpos, parados em meio às pessoas que passavam rápidas, sem saber o que fazer com aquele excesso de segredos que deveriam explodir naquele momento e acabaram por ser enterrados ali mesmo, sob as pedras do caminho em uma praça movimentada. O branco do olho era como um pensamento que se esvai, como uma veia depois de aberta, pura cartilagem, cor de plástico, a matéria triste, eu sabia, eu sempre soube, assim como Manoel também sabia. O branco a circundar a íris com a cor de sempre, em torno da invariável pupila preta no seu lugar bem definido, no meio, dando um eixo ao corpo humano, esse frágil complexo de partes que facilmente não se entendem entre si. Manoel era assim, um ponto preto no centro em torno do qual eu ficava de algum modo segura, quero dizer, um lugar onde eu podia ficar porque não parecia haver outra vida possível para uma pessoa como eu.

#

Manoel já estava morto quando se atirou da janela do apartamento no dia em que me pediu para descer e comprar cigarros que haviam terminado durante a noite. Eu tentava controlar a quantidade de cigarros, o que o deixava extremamente angustiado. Eu perguntei por que ele mesmo não ia, já que no dia anterior se levantou animado, foi sozinho até a esquina e só voltou horas depois como se nada tivesse acontecido. Pediu-me, naquele mesmo dia, sentado na poltrona da sala, que eu entrasse em contato com Luiz assim que tudo acabasse. Eu não perguntei por que deveria fazer isso e não procurei por Luiz no momento sugerido por Manoel. Eu não queria saber de nada que Manoel mesmo não tivesse contado, imaginei que encontrar Luiz implicasse algum tipo de acerto de contas, embora eu não pudesse imaginar o que Luiz teria a ver com o que eu estava vivendo.

Luiz era padre e não havia motivo para falar com um padre. Manoel era ateu e na condição de ateu morto, duas vezes ateu, não precisaria de um padre para rezar por ele nem quando estava vivo, nem quando estivesse morto. O saudosismo que o atingia nos últimos anos de vida quase me incomodava, e eu imaginei que Luiz tivesse relação com isso. Esse saudosismo fazia o passado pesar mais, aumentava a fragilidade que tínhamos combinado manter longe de nós.

Quando ele morreu, me perguntei se não seria melhor que Manoel acreditasse em Deus. Se não seria melhor morrer acreditando em alguma vida além dessa. Encontrar Luiz ou alguém daquele mundo novamente me pareceu terrível, e pensei no direito de não ter mais que existir que Manoel reservava para si e na maldade de não me dar o mesmo direito.

Apesar de ter certeza que Manoel não levaria sua vida adiante naquelas condições, eu não imaginava que durasse tão pouco. Senti um pouco de inveja e, quando enfrentei meu sentimento real, percebi o tamanho do meu alívio. Um alívio que só experimentei naqueles anos em que vivi sozinha em Lisboa.

#

Não tenho a quem contar sobre o sonho da represa e seu cansativo enredo. Nele, Manoel carrega baldes de merda, um balde que traz com muito custo, vagarosamente, sempre a tropeçar. Um pouco do líquido abjeto cai pelo caminho no longo corredor das instalações. Manoel manipula uma máquina que faz a merda escoar para dentro da represa sem que se possa ver o mecanismo. De cima, é possível ver a represa encher. É algo matemático. No sonho, Manoel está em silêncio enquanto

Antonio, tentando esvaziar a represa sem sucesso, não para de falar. Não compreendo o que ele murmura, sei apenas que se queixa e maldiz a sujeira toda em sua roupa.

É um sonho que tenho ao longo da vida com Manoel. Antonio surge quando o conheço. Não há outros personagens. Penso no Aqueronte, o rio do inferno que corre por baixo de São Paulo, a cidade alimentada pelo volume morto cujas águas bebemos sem questionar.

Compro dezenas de galões de água para ter em casa. O homem que as vende diz que no mercado comum valem o dobro, mas que posso confiar, ainda não se trata de tráfico de água.

#

Antonio chega ao quarto do hotel com sua impaciência habitual. O corpo enrijecido por uma mente cheia de ideias prontas. Ele quase não fala, pensa que assim se torna mais agradável como homem. Gosto dele porque não disfarça suas intenções. Antigamente só as mulheres tentavam agradar, fazer-se de mercadoria para vender-se bem aos interesses alheios. Antonio sabe que apenas os objetos agradam, nunca os sujeitos. E, desse modo, se apresenta para mim.

Terminado o sexo, rápido e eficaz, eu acendo um cigarro. Ele me pergunta se eu poderia ler seu livro e emitir a minha opinião sobre ele. Pergunto o título me dando conta de que talvez ele já tenha me dito antes. *Tempo em vão*, diz Antonio e admite que pode mudá-lo sem que eu tenha dito que me parece péssimo. Ao contrário do que espera de mim, sugiro que mantenha o nome do livro. Ele não percebe a ironia. Pergunto sobre o que trata. Ele fala que é melhor que eu leia de uma vez e depois comente com ele. Que é um trabalho de anos e que não se pode falar dele sem que antes seja lido com atenção crítica.

Concordo com o que ele diz e procuro a paciência que devo ter perdido pela rua antes de chegar a esse hotel sujo que torna o sexo algo mais do que real. Antonio desconversa sobre o livro ao dizer que para mudar de vida é preciso mudar de cidade. Ele fala sozinho. Diz que vencerá em São Paulo antes de seguir para a loja onde arrumou um emprego de vendedor de aparelhos de ginástica, os mesmos que ele despreza ao dizer que, sendo um escritor como é, que aquelas máquinas não combinam com ele, e que ele vai vender apenas para melhorar o orçamento. Enquanto ele se veste, pergunto por que não vende máquinas de escrever, elas combinariam mais com um escritor como ele.

Dessa vez ele percebe a ironia, talvez pelo tom de voz, talvez pela secura com que olho para ele. Minha impaciência se materializa. Ele se irrita comigo. Eu me canso dele. Às vezes Antonio quer ser cineasta, às vezes quer ser empresário, às vezes quer ser radialista, às vezes quer abrir uma empresa para vender produtos de pet shop e às vezes vem com essa conversa sobre esse livro patético. Minha paciência tem se esgotado. A dele também pelo que posso perceber. Ele altera o tom de voz. Para tudo o que ele conta eu sempre sugiro, no mesmo tom racional, que continue, que são ideias incríveis, chego a dizer. Não é que me falte tempo para me ocupar delas, é que não me interessam, mas não é porque não me interessem que vou querer que ele desista.

Ao dinheiro que lhe pago a cada vez que nos vemos, ele chama modestamente de ajuda. Pergunto se não quer mais trabalhar no ramo corporal, se ele cansou da cliente. Antonio reclama da minha ironia. Fico perplexa que ele tenha percebido. Por fim, como se elogiasse uma competência, digo que ele leva jeito para o serviço e que deveria dedicar-se exclusivamente a isso. Ele se ofende, se cala, balança a cabeça olhando para o chão. Eu rio. Penso que quer me matar de tanta raiva contida. Quando eu termino de rir, sentamos os dois aos pés da cama. Ele me abraça em silêncio. Nessa hora, sinto pena e insisto que vá comigo até um restaurante chinês, dos poucos que a classe média em extinção pelas cidades ainda pode pagar.

#

Digo a Antonio, desde o primeiro dia quando pela primeira vez ele me pergunta por que não o abraço, que meu jeito vem do frio. Que o frio é dentro da gente.

Betina igualmente não me abraça. Conto a João que não tínhamos esse hábito em nossa casa e digo a ele que, embora sejamos da mesma família, que podemos nos abraçar enquanto olhamos a cidade pela janela lá do alto. Ele pergunta quem eu sou em sua família, e digo que ainda não sei, que estou louca para descobrir. Então, ligamos uma música bem alto, nos abraçamos com muita força e rimos até o sol se pôr.

#

Antonio me aconselha a não me apegar a João. Eu me arrependo de contar a ele sobre o menino. Como um homem antigo, Antonio é moralista, inseguro e ciumento. Talvez por isso, ele me pergunte se não quero viver com ele em uma casa só nossa. Talvez por dizer uma bobagem dessas, ele me puxe para a cama como se esse gesto pudesse escamotear o seu real interesse e fosse um ponto final a nossa conversa.

Antonio quer me convencer de que nossa relação não é profissional. Não o entendo nessas horas ou prefiro fingir que não o entendo para que possamos continuar mais um pouco. Converso com ele como se ele fosse um colega qualquer com quem encontro no corredor da empresa para a qual trabalhamos no momento da pausa para um cafezinho. E ele quer falar de amor. Antonio é como esses homens de antigamente, ainda acredita em relações amorosas ou que finge que acredita para convencer sua presa. Talvez ele seja apenas um esperto. Daqueles que pensam nas vantagens de se criar uma narrativa de amor idealizado com uma mulher que viria a resolver todos os seus problemas. Uma mulher a quem ele ama mais do que a sua mãe. Alguma mulher que daria tudo, o que tem e o que não tem na vida, por uma relação de amor, inevitavelmente ilusória. Ela pagaria muito mais do que se paga por sexo objetivo, pagaria com todo o seu tempo, com seu trabalho tornado cada vez mais barato, com sua liberdade, pela única coisa que um homem ainda pode dar a uma mulher quando se trata de uma mulher que tem interesse por sexo com um homem.

Hoje penso que esse sexo seja realmente uma perversão. Esse sexo heterossexual que foi naturalizado e transformado em algo banal é mesmo uma perversão, sobretudo agora que outras possibilidades sexuais se tornam cada vez mais comuns. Me preocupo com Antonio que, ao se tornar um velho desinteressante, ficará sem proteção nenhuma. Penso que ele deverá melhorar sua relação sexual com o mundo. E logo me despreocupo, pois ele usará as drogas que fazem um homem conseguir fazer sexo mesmo quando não tem condições físicas para tal. E penso nas condições emocionais para isso, mas Antonio é suficientemente frio para viver uma relação de plástico como a que temos desenvolvido até esse momento.

Na luta pela sobrevivência, o sexo fica em segundo plano. Antonio nesse contexto é um gosto um pouco caro, pelo qual ainda posso pagar. Pago com o dinheiro que Manoel me deixou. Digo isso a Antonio, que ele é um gosto um pouco caro. Digo que recebo uma pensão de Manoel desde sua morte e que antes recebia por ter ficado ao seu lado, sendo sua esposa, empregada e amante. Sempre pagamos nossos homens e sempre fomos roubadas por eles, eu digo a Antonio. Fizeram-nos crer que eram eles que nos pagavam na intenção de nos objetificar. Antonio me chama de feminista. Eu rio. Não sei usar essa palavra. Não é da minha época. Apenas rompi com a hipocrisia, e, se quiser me chamar de feminista por isso, fique à vontade, não me importo. É a primeira vez que tenho uma relação honesta, não acabe com ela, peço a ele didaticamente, mas desta vez rindo um pouco para amenizar, esperando o momento em que ele manifestará estar ofendido.

Antonio preferia que eu não lhe pagasse com dinheiro, mas que partilhasse com ele algo em comum. Aquilo que chamaríamos de comum seria construído em uma vida a dois. No contexto da hipocrisia, apenas eu precisaria colocar os valores da aposta na mesa. Meu dinheiro, meu trabalho não remunerado de esposa, pois ele não teria como me pagar, meu trabalho sexual sem pagamento. Atualmente sou eu quem paga a ele, mas nada impede que seja o contrário. No caso de nos unirmos como marido e mulher, eu apostaria e eu perderia. Seria uma relação a dois em que apenas um levaria vantagem.

Ao contar as notas e colocá-las sobre a mesa, sei do meu prazer, o de pagar mesmo que ele se sinta ofendido. Sua ofensa não me convence, meu prazer é, no entanto, melhor do que qualquer prova possível.

12

Na lanchonete onde trabalho por quase dois anos enquanto lavo o chão de vários edifícios do centro da cidade nas horas vagas, encontro uma brasileira que me pede uma Coca-Cola e, me olhando com atenção, pergunta quem eu sou. Respondo que sou Lúcia, ela pergunta se conheço Adriana. Eu digo que não. Ela insiste. Eu digo que sim. Ela bebe a Coca-Cola e me dá um número de telefone. *Fale com Paulo*, ela me diz. Eu ligo. Paulo é, na verdade, Manoel. Sem mais nem porquê ele me convida para ir aos Estados Unidos com ele. Tampouco entendo por que aceito, talvez esteja cansada de lavar chão, lavar pratos, limpar privadas alheias e viver como se não pudesse conversar com pessoas. Nós nos encontramos no Chiado numa noite em que não há sinal algum da boemia típica dali. Diante da estátua de Fernando Pessoa, ele me aperta a mão, depois me abraça, depois me pede desculpas.

Viajo aos Estados Unidos com ele na sequência desses dois anos em Lisboa, uma cidade que não chego a conhecer. Vou de casa para o trabalho, do trabalho para casa, onde me tranco em meu quarto e durmo cedo. Digo a Manoel que estou com medo. Que tive medo todo o tempo. Ele me assegura que não é preciso ter medo. Que estamos protegidos. Que vou poder fazer o que não fiz até agora. Eu acredito, porque penso que Manoel está do meu lado e o que ele me promete é melhor do que aquilo que posso esperar de mim mesma.

Passamos dias sem nos falar. Olhamos um para o outro na esperança de trocar alguma certeza sem precisar dizer muita coisa. Penso que ele é como eu, um sobrevivente, e que, por isso, somos iguais. Descubro nele um vazio em comum. Não sorrimos, não comentamos nada, ele não me diz, eu não falo. Pergunto a ele como chegamos ali, que lugar é esse chamado Boston. Manoel me disse que aproveitaria uma bolsa de estudos. Ele estudava, eu ficava em casa, arrumava a casa, tentava cozinhar, passava o dia lendo ou caminhando pelas ruas sem rumo e sem muita curiosidade. A cada vez que eu tentava conversar sobre algo mais sério, sobre o passado, sobre Adriana, sobre León, ele dizia que tinha que estudar, que não podia perder a concentração, que se era para deixá-lo louco que eu continuasse a perguntar. Que ele não sabia responder.

Manoel já é, nessa época, o desconhecido com o qual eu vivo primeiro por quatro torturantes anos nos Estados Unidos, ele viajando e eu vendo televisão, visitando museus, lendo e caminhando. Ando pelas ruas de Nova York quando nos mudamos para lá enquanto ele passa a semana na universidade. Minha misantropia chega a um nível preocupante até para ele. Não entendo por que Manoel me convidou para vir com ele. E entendo menos ainda por que não fujo daquela vida. Não é difícil perceber que eu não desejo aquela vida e não desejo Manoel. Na Espanha, anos depois, em silêncio, dentro de casa, torno-me uma espécie de escrava do lar. Hoje eu percebo que eu era fundamental como uma muleta, uma escora para a vida de Manoel. Naquela época, nossa vida em comum era a pura apatia. Lavar as roupas de Manoel, limpar a casa, comprar algo de comer e logo, como se torna inevitável, muito para beber. As tarefas da casa consomem meu cérebro como as bebidas consomem o fígado de Manoel.

Em casa, passo um café que ele toma antes de entrar na bebedeira iniciada invariavelmente antes do meio-dia. Leio o jornal e informo a ele que a democracia voltou ao Brasil. São os anos oitenta, eu tenho trinta e poucos anos, sou mais nova do que Betina é hoje e minha vida não tem futuro. Comento com ele que a palavra democracia parece ter perdido seu contorno cinzento. Há um ar de promessa no Brasil. Eu me lembro de usar essa expressão. Manoel me olha como se eu tivesse cometido um crime.

Ele me encara como se eu tivesse destruído alguma coisa preciosa. Consternado, joga a xícara de café sobre a mesa de fórmica onde coloquei uma toalha e um copo de água com pequenas flores trazidas da rua quando saí para caminhar pela manhã, num gesto que me soava como a tentativa de superar a tristeza em que tínhamos afundado há anos. Acaba também dizendo, com a violência que nunca mais conseguiu esconder, que sou a mais estúpida das criaturas humanas, que esse não é assunto meu, que estou equivocada, que nunca fui mais do que uma pessoa equivocada e que sou a culpada de tudo o que está acontecendo.

Totalmente descontrolado, Manoel diz que devo me controlar. Controlar o que digo. Vejo-o fora de si, no entanto, sem gritar, Manoel nunca grita. Seu tom de voz permanece imutável por anos até o câncer devorar sua traqueia, faringe, pulmões e chegar ao cérebro. O mesmo câncer lento e doloroso de que vive o governador e que as televisões, como corporações midiáticas comprometidas até a medula com ideologias, tentam esconder, quando aparece de longe, cinzento, sem dizer nada, encharcado de uísque. Além do câncer, os dois têm em comum um tom de voz sempre baixo.

Manoel tinha uma espécie de ódio que só vi em pessoas melancólicas. E tinha ódio das pessoas melancólicas. Tinha ainda o ódio que homens sentem pelas mulheres apenas porque elas são mulheres e, segundo sua concepção de mundo, merecem ser odiadas. Eu estava ali na condição de mulher. Na pura nudez feminina que as mulheres carregam mesmo quando vestidas. Situada na melancolia, eu era odiada. De um ódio em estado puro. Ele me odiava e, por isso, me queria por perto. Ele me odiava porque tinha me empregado naquele lugar onde se pode ser inútil à vontade. O ódio é o afeto dos torturadores que se sentem autorizados a odiar qualquer um, sobretudo os tristes, e a odiar as mulheres como se odeia livremente um ser abjeto. Os torturadores, assim me parece, são autorizados a odiar as mulheres tristes de um ódio em dobro. Quando as torturam, eles torturam em dobro porque o ódio contra uma mulher é sempre maior do que o ódio em geral. E o ódio a uma mulher triste é o mais destrutivo de todos.

O ódio dos torturadores, esse que Manoel tinha, embora não fosse um torturador, era o ódio que se sente pelas pessoas consideradas fracas como acontece com as mulheres. Um ódio que se apresenta como se não fosse uma questão de ideologia. Que parece natural. Sei que sobrevivi porque, por algum motivo, despertei menos ódio. E despertei menos ódio porque não revidei. Não fiquei tão triste. Fui objetiva para poder sobreviver. Tivesse exigido qualquer direito, teria morrido. Não exigi, não revidei, não reivindiquei, não disse nada a Manoel, como não dizia nada antes aos que me torturaram, porque não queria saber e de nada sabia. Se soubesse, estaria morta. Se fosse alguém, hoje eu penso, eu teria despertado mais ódio. Mas não sou ninguém há muito tempo.

Naquele dia, saindo do silêncio no qual permaneceu por meses, Manoel me olhou como eu nunca tinha visto alguém me olhar, e transformado num espelho que fala, materializando em seco a tristeza que o mantinha vivo enquanto ao mesmo tempo o matava, ele falou comigo como se eu mesma não existisse. Como se eu fosse um erro da história e da natureza, um pedaço de inexistência posta no lugar do que há. Não tive coragem de perguntar por quê. Sei que ele falava consigo mesmo.

Eu sabia que havia escolhido flores para enfeitar um campo de concentração ao qual eu daria o nome de lar se tivesse como falar disso naquela época. Em um tempo em que a poesia não era mais possível, eu silenciei para poder seguir. Então, fiquei quieta. Esperei que ele acabasse. Pensei que seria melhor que ele morresse logo, imaginei-o morrendo ali mesmo, eu tendo que chamar as pessoas para ajudar com o cadáver. Não me lembro de voltar a falar com ele senão para dizer bom dia e boa noite e perguntar se ele precisava de alguma coisa. Ele pediu bebida e cigarros o tempo inteiro. E algo de comer. Uma sopa, um pouco de café com leite. Esperei o tempo passar esvaziando a mente em posições de ioga. Deveria sair para encontrar pessoas. Conhecer um homem qualquer para me divertir, mas não foi possível enquanto Manoel existiu.

Manoel me envenenou por inteiro e eu só não sucumbi porque encarei tudo com a máxima objetividade até poder enterrá-lo.

A ideia de voltar ao Brasil é dele, e, do mesmo modo como viajei para os Estados Unidos, eu sigo para o Brasil, porque não há nada de diferente a fazer. Na época sei que ele morrerá em breve e, no fundo, tenho pena dele, das dores, da solidão, da tristeza que emana dos seus olhos de pálpebras cada vez mais roxas. Ao mesmo tempo, tenho ódio. Sei que o suicídio é apenas um modo de amenizar o peso desse fim que demorou tanto a chegar.

#

Manoel passa a beber mais do que o habitual assim que marcamos a data da viagem. Garrafas e mais garrafas de todo tipo de bebida que se pudesse encontrar, garrafas de rum, de uísque, de gim, de conhaque, de tequila, garrafas com as quais eu podia ter medido os dias, as semanas e os anos que passamos juntos. E, quando chegamos ao Brasil, ele termina seus dias depois de ter tomado uma garrafa inteira de uma cachaça de péssima qualidade misturada a álcool puro que eu compro no mercado negro a um preço muito barato.

Quando chegamos aos Estados Unidos, Manoel fica meses internado no hospital com todos os mais variados tipos de doenças infecciosas que, penso eu, possam ser efeito dos sofrimentos passados. Ele não fala disso, como eu também não falo de tudo o que me aconteceu. Apenas as partes mais comuns, aquelas que todos conhecem. Não sei como sobrevivi e não quero saber e não quero narrar e não quero elaborar. Não quero nada. Gasto todo o dinheiro que ganho na época de Lisboa com remédios e dentistas que não entendem como posso ter perdido tantos dentes.

Digo a Betina que Manoel foi sexualmente mutilado. É uma parte da ficção que lhe conto para que ela entenda que andei entre pessoas que sofreram muito, até mais que eu. Não sei bem por que invento uma coisa dessas. Talvez seja para me livrar do nojo e da culpa. Todas as vezes que tive algum evento sexual com Manoel, eu o fiz por um misto de obrigação e pena. E também pelo fato de que ele estivesse sempre bêbado, e assim posso dizer que não chegamos a fazer sexo de verdade. Nunca sentimos atração física um pelo outro. O desinteresse era recíproco. Então me dou conta de que o único sexo real e verdadeiro que tive é esse que tenho agora, pelo qual posso pagar.

Betina me diz, quando jogamos conversa fora nas padarias de São Paulo, que seu avô, que ela não suspeita ser meu pai, era um velho demente. Que muitas vezes sumia da vista de todos e, ao reaparecer de surpresa, ejaculava nas faxineiras ou em quem estivesse pela frente. Ela se escondia para não ser atingida pela atitude asquerosa do avô. Betina me conta que sua avó o protegia, envergonhada, como se isso fizesse parte de seu papel de esposa, até que começou a encher o homem de calmantes e ele ficou sobre a cama sem se mover por meses. Até que morreu, o que foi um alívio para todas as mulheres que frequentavam a casa.

Eu me esforcei para imaginar meu pai morto, um homem que já era velho quando eu era criança. Não era muito diferente de Manoel em seu modo de ser, quase calado, guardado como uma fruta intocável dentro de uma compota. Uma fruta podre. Ver Manoel morto me deu muito mais alívio e não ver meu pai assim até hoje me causa angústia.

#

Manoel morre no Brasil. Antes, na Espanha, mais precisamente em Madri, mais exatamente em El Pardo, ele sai de casa de manhã e retorna à noite, às vezes fica fora de casa por dias. Não pergunto aonde vai. Prefiro que vá e não volte. Ele volta. Jamais comenta aonde foi, como não comentava em Nova York ou em Boston. Não nos falamos. Sentado à mesa da cozinha, a comer um pedaço de queijo que eu compro para o jantar, ele me diz que pretende voltar a usar seu nome verdadeiro, esse nome que eu nunca soube qual era, esse nome que desapareceu com os documentos, nome que começava com V ou com W, disse-me ele, uma vez em que a bebida o deixou alegre sem motivo aparente, um nome que eu deveria adivinhar se fosse esperta para isso.

Eu me pergunto se o nome de Manoel me importa e a resposta é simples. Eu me esqueço dele. Quem eram seus pais, em que cidade havia nascido, se ainda tinha parentes vivos. Para mim, ele era como eu, privado de uma história. Um homem sem biografia. Manoel não burlava a regra que parecia nos reger em nossas vidas clandestinas, a de não ser ninguém. Para mim, nossos torturadores eram idiotas que serviam a alguém que queria dominar, controlar e, por fim, dissipar a nossa história. Queriam acabar conosco acabando com a nossa história, e Manoel sabia que era essa a barganha contra a qual ele não se revoltava porque em sua história verdadeira alguma coisa entrava em acordo com essa história falsa. Um dia, ele deixou escapar que na farda com que seu pai fora enterrado havia uma mosca que ninguém foi capaz de capturar. Manoel não deixava nada escapar, e para manter a lógica que tinha nos unido eu fingi não ter ouvido aquele lapso. Menos por não querer saber do que por medo dele. Pensei durante todo o tempo em que Manoel esteve doente que eu também não tentaria tirar a mosca que pousaria em sua camisa quando estivesse morto. Que colocaria uma margarida em sua lapela. Quase perguntei a ele se preferia ser cremado. Desisti pensando que o que se faz com um morto é problema dos vivos. E que o morto, quando ainda está vivo, pode ser poupado dessas coisas.

Manoel não me falou de sua terra natal, de sua família, do tempo em que seus pais morreram ou viveram. O sotaque do interior de São Paulo o denunciava. A sonoridade caipira que tantas vezes reconheço nas pessoas com quem converso na praça, ele a disfarçava. Essas pessoas que passam e param para descansar têm também elas algo de clandestino. Seu sotaque é uma verdadeira pista de origem, um sinal de identidade, de pertença, de lugar, uma marca corporal e social. Nessas horas em que ouço as pessoas falando eu me dou conta de que meu sotaque é apenas um grito.

#

São duas horas e quarenta e dois minutos. Há anos eu acordo a essa hora e nem sempre volto a dormir. Espero o destino desenovelar-se tendo em vista a ordem falsificada das coisas. Manoel me vem à mente como aquilo que se torna inevitável. Manoel, o que me resta, eu avalio. Nada sobrevive ao que passamos, e o fato nada simples de que tenhamos sobrevivido é, por si só, uma contradição.

#

Penso em fugir de Manoel quando percebo que sofro. É um pensamento, não chega a formular-se como desejo. Ele se torna violento com o avanço da doença e a perda do controle de si. Às vezes tenho que deixá-lo sozinho no quarto trancado onde não há o que quebrar. Nenhuma violência será igualável à que conheci e os gestos de Manoel não me causam nenhum espanto. Me consola saber que basta esperá-lo morrer.

No dia de sua morte eu tenho certo trabalho. Cremar alguém em São Paulo quando tantas pessoas morrem se tornou uma façanha. O mercado negro da morte não é dos mais fáceis de lidar. Gasta-se certo valor em dinheiro pagando por um enterro clandestino. Há cemitérios clandestinos por toda parte e o melhor é incinerar o morto. Há cremações de todos os preços. Para os muito ricos, para os pobres, mas não para os miseráveis que são lançados em riachos. A prefeitura, ocupada em pintar de cinza a cidade, nem sempre recolhe os cadáveres abandonados pelas ruas. Eu pago por uma cremação. Penso antes no tipo de serviço que Manoel merece e escolho uma incineração com preservação das cinzas em uma urna de cerâmica. O cadáver é levado em um carro comum no porta-malas. Ele é cremado em um galpão de uma funerária sem que se use um caixão que tornaria o serviço ainda mais caro.

Dias depois da morte de Manoel, quando suas cinzas estão guardadas na estante da sala enquanto penso no que fazer com elas, caminho pela avenida Paulista onde só se sente sozinho quem quer. Entro no Museu de Arte. Quero olhar as pinturas que não vejo há tanto tempo. Essas imagens me dão saudade real. Há um retrato de Van Gogh nesse pequeno museu paulistano. É um museu rico no qual não podem mais entrar pessoas com menos de 18 anos, nem negros, nem pessoas transexuais. As mulheres escaparam dessa lei justamente porque homens quase nunca visitam museus. O quadro de Van Gogh é uma raridade comprada a preço de banana durante a Segunda Guerra Mundial, quando as obras de arte estavam sendo apreendidas e destruídas por nazistas. A história se repete de algum modo e essa imagem está aqui mais uma vez ameaçada pela estupidez política do mundo. Um homem está visivelmente emocionado e chora diante dessa pequena imagem. Espero a minha vez de contemplar a obra quando percebo que conheço esse homem. Não consigo lembrar quem seja. Evito prosseguir. Meus pés, contudo, fincam no chão. Algo em mim paralisa.

Estamos a sós, eu e ele, na grande sala cuidada pelo lado de fora por policiais militares. Poucos têm coragem de entrar no museu nessa época, todos têm mais o que fazer além dos que foram proibidos de estar aqui. Todos os museus foram fechados, mas o governador mantém a visitação a este acervo aberta porque tem orgulho, é um pedacinho de Europa no meio da miséria brasileira e serve para acobertar a barbárie cada vez mais intensificada. Apenas os desocupados, ou melhor, as desocupadas como eu entram aqui. Todas são revistadas para evitar vandalismos, pois a regra do mundo atual é que se cometa todo tipo de ato bárbaro e que isso não tenha mais consequências.

Sem pensar no motivo pelo qual faço o que faço, eu me aproximo dele. Estou muito perto e ele não me vê. Continua firme em seu pranto. Assisto a essas lágrimas que me parecem absurdas. Chora pela beleza da obra? Terá acontecido alguma coisa em sua vida, com alguém ou com ele mesmo. Eu sairia correndo em qualquer outra circunstância, mas, nesse caso, me entrego a minha curiosidade. Continuo ali, como quem espera na fila. Finalmente o homem me vê.

Ele manifesta seu constrangimento secando as lágrimas na manga comprida da camisa azul com estampa de super-herói. Ele se veste como um jovem, embora seja mais velho do que eu. Os cabelos são pintados de castanho-claro, tem na cintura um cinto cheio de pedras brilhantes, e uma tatuagem de Jesus Cristo no braço que posso ver logo que ele arregaça a manga molhada de lágrimas. Seus sapatos surrados e embarrados são bem modernos e devem ter custado muito caro. Ele se volta para mim e me pede desculpas. Eu também peço desculpas, digo que gosto muito dessa obra. Evito olhar nos seus olhos até que percebo que ele me olha assustado. Espero que vá embora logo. Seu olhar assustado dispara o meu senso de autoproteção. Pergunto se a polícia não se intromete com sua roupa para fingir que não o vi chorar e desviar a atenção de mim mesma. Tentando recompor-se diante da minha invasão, ele diz que ao sair colocará o casaco cobrindo o que não pode ser mostrado.

Percebo que, ao prestar atenção em mim, seu olhar é de insistência. Eu pergunto a ele se nós nos conhecemos quando, na verdade, preferia sair dali correndo. Ele me olha fixo e, no meio da tristeza na qual estava afundado, abre um sorriso tão perplexo quanto forçado parecendo esconder, por meio dele, o verdadeiro sentimento que sustenta seu momento. Ele respira fundo e, procurando meu nome, me diz *você é a irmã de Adriana. Alice, quem diria. Você não mudou nada. É impressionante como permanece jovem.*

Sou Lúcia, declaro. Ele usa meu nome anterior, talvez não se lembre do que vivemos antes. Está consternado e disfarça o sofrimento na perplexidade. Eu digo que é muito mais impressionante que ele se lembre de mim. Ele sorri em silêncio e meio boquiaberto. Eu resolvo ser didática e pergunto, primeiro, se ele está bem, não porque me preocupe com seu estado, mas porque é educado falar assim. E, depois, pergunto quem ele é. Ele responde, *sou Luiz, você não lembra de mim, Alice, faça um esforço, mesmo agora que se chama Lúcia.*

Penso na imagem borrada que tenho de Luiz, com quem me encontrei tão poucas vezes. Penso no pedido de Manoel e não tenho coragem de continuar essa conversa. Peço licença, mas não posso falar agora.

Ver alguém daquele tempo é como voltar a um arquivo cheio de mofo, como abrir um túmulo e olhar para a face hipocrática da história. Fixamos o olhar um no outro. Ele me pede desculpas, diz que perdeu uma pessoa muito importante em sua vida e que também não está em condições de falar. Pede meu telefone para que possamos conversar em outro momento. Eu recuo, sem entender o motivo pelo qual atendo ao seu pedido e lhe dou meu número. Comento que tenho seu telefone. Quem me deu foi Manoel. Poderia ter dito que não tenho telefone. Ele pergunta sobre Manoel. Digo-lhe que morreu há uns 10 dias. Ele volta a chorar. Me abraça. Ri. Volta a chorar. Parece que quer falar, mas não consegue. Me pede desculpas e sai apressado, ou sou eu que vejo pressa em seu modo de ir, não sei.

Olho para a imagem tentando entender o milagre da cor e percebo o contraste entre a vida na pintura de Van Gogh e a presença nada luminosa de Luiz.

13

Adriana disse à nossa mãe que jogaríamos vôlei com as colegas da escola. Saímos de casa juntas, mas apenas eu vou ao jogo. Ela segue em frente pedindo que eu a espere para voltarmos juntas. Nara e Regina eram amigas inseparáveis e choravam porque estavam concluindo o último ano da escola. Sabiam que não haveria mais esportes, reuniões dançantes, essas pequenas alegrias juvenis. Que casariam e teriam filhos e amargariam uma vida desinteressante como donas de casa, sem remuneração e sem férias, sem escolha, sem chance.

Escurecia e Adriana não chegava. O que eu deveria dizer para minha mãe, caso chegasse em casa sem minha irmã, não havia sido combinado entre nós. O medo atrapalhava meu raciocínio. Contei a Betina que foi Adriana que ficou no jogo, que Alice seguiu para a reunião e que eu, na posição de Lúcia, daquela vez, estava doente em casa e soube dessa história apenas porque Nara e Regina me contaram no dia seguinte, assustadas, sobre o que havia acontecido.

Adriana não voltava, e segui com Nara e Regina até o pátio da faculdade para ver onde minha irmã estava. Eu não tinha coragem de contar às amigas que Adriana devia estar em uma reunião no aparelho da rua Avanhandava. Não poderia assegurar que fosse isso e não podia levá--las comigo para saber. Depois de horas andando pelas ruas, esperando uma luz, Nara e Regina vão embora. Fico sentada ao pé do monumento. Alguém toca meu ombro por trás, eu saio correndo, ele me chama de Alice. Não volto para ver quem é.

Chego em casa sem pensar no que faço. A casa está em silêncio. Minha mãe serve um chá para Adriana, que chora compulsivamente sobre a cama, encostada ao travesseiro. Minha mãe balança a cabeça me reprovando por alguma coisa. Não tenho coragem de perguntar. Espero Adriana explicar, mas ela toma um comprimido e dorme. Vou ao banheiro e fico por lá até o dia nascer. Minha mãe não me diz nada. De algum modo, eu não existo.

No dia seguinte, é domingo. Adriana me convida para dar uma volta no bairro e avisa nossa mãe que estamos saindo. Pergunto por que ela dormiu sem falar comigo, que tínhamos combinado de ela passar na quadra de vôlei e que seu sumiço me deixou em uma situação horrível. Digo que procurei por ela a tarde toda. Que nossa mãe deve estar achando que a culpa é minha.

Adriana me interrompe para dizer que Fábio e Lúcio estavam no chão do apartamento da Avanhandava quando ela chegou. Havia marcas de balas e manchas de sangue nas paredes. Não sei quem é Fábio e quem pode ser Lúcio. Não pergunto. Ela não fala. Desvia o olhar para dizer que tudo isso é segredo. Que nossa mãe pensa que ela foi assaltada, já que perdeu a mochila com os livros. Pergunto por que nossa mãe me olhou daquela maneira. Nas águas turvas do silêncio onde flutuavam as cabeças das pessoas mortas naquele dia, Adriana me diz apenas que não sabe.

#

Manoel queria ter filhos. Eu não engravidei nunca mais depois da prisão e, embora soubesse que era uma espécie de dever que caberia a uma mulher da minha geração, rezava todas as noites para estar livre disso. Eu não desejava filhos, embora sentisse pena de Manoel e soubesse que um filho poderia restabelecer algo da esperança perdida em sua vida. Cheguei a atribuir seu mau humor, sua ausência, seu silêncio à falta de um filho. Meu corpo pensava diferente e me protegia. E seu corpo cansado pela bebida dizia o mesmo.

Meu senso pragmático me dizia também que, não tendo um filho, não teria que explicar nada a ninguém sobre a vida que vivi e que estaria poupada de tanto da culpa, quanto da expiação.

#

Eu evitava chorar, como evitei que acontecesse ao abrir a carta de minha mãe endereçada a Betina. Chorar não nos ajudaria naquela época e não me ajuda agora, porque chorar servia apenas a uma autossatisfação que não me dizia mais nada. E que não me interessou antes como não me interessa nesse momento.

Não chorei por Manoel. Como um homem, eu evitei chorar, porque chorar, fosse antes ou depois de sua morte, não faria sentido. A lágrima que eu deveria ter derramado por meu pai, a lágrima que um dia deveria ter dedicado a Adriana, elas também não foram possíveis.

A morte sempre me pareceu tão sem graça quanto a vida, tão sem graça que não valeria uma emoção. Digo isso a Antonio e ele me ouve, comentando que sou esquisita. Antonio é excessivamente lógico, por isso é rígido. Entende que eu não quisesse chorar, porque isso faz parte de sua lógica, com isso ele se identifica, mas não que eu pense que a vida não vale uma emoção, o que constitui para ele um exagero. Ele não entende o caráter desmedido disso que digo, porque não pensa na contradição real que faz alguém afirmar emocionalmente que a vida não vale uma emoção.

Tampouco Manoel entenderia algo dessa natureza. Infelizmente, não sou como Betina, que se relaciona sexualmente com mulheres. Sempre pensei que Adriana também e, por isso, eu custo a crer que ela engravidasse, a não ser que fosse, como aconteceu comigo, por estupro.

#

Aberturas falsas mostram um horizonte falso em que não se distinguem céu e chão. À frente, a cidade opressa entre paredes infinitas é um labirinto do qual não se pode fugir senão para entrar em outro.

Em pé, o corpo preso ao chão por pura inércia, olho através da janela desse hotel barato onde eu e Antonio praticamos o sexo combinado por um preço de mercado. Não há parapeito. Todas as janelas da cidade são fechadas por ordem judicial desde as últimas ondas de suicídio. A Câmara de Vereadores propôs uma lei que criminaliza a morte aplicada a si mesmo e pune o morto com proibição de funeral e o confisco dos bens. A morte é realmente um espelho, eu penso, lembrando o preço da cremação de Manoel no mercado negro.

\#

Antonio tem mãos pequenas, enquanto as minhas são imensas. Comparado ao meu, seu queixo é pequeno. Seus olhos de coruja se abrem com dificuldade, enquanto os meus raramente se fecham. Observo suas medidas. A altura dos pés à cabeça, o tamanho dos dedos, as veias incisivas nos braços e antebraços. A potência da cabeça, a distância entre o pescoço e o umbigo, o contorno da panturrilha, o pênis pequeno. O abdome magro é um sinal de que Antonio come pouco. Ele não bebe. Os raros pelos que tem estão perdidos pelo corpo. O cabelo é forte e cheira mal se não é lavado todos os dias. Tento consolá-lo dizendo que ele é charmoso e que basta olhá-lo para desejá-lo. Que nem todo mundo precisa chegar perto e sentir seu cheiro. Ele sabe que minto. Não se pode descobrir seus antecedentes genéticos exatos, há indígenas, negros e brancos compondo seu corpo todo. Embora Antonio faça de tudo para fingir que não há esse passado, ele é um caboclo, com cova no meio do queixo, de sobrancelhas densas, de nariz bem desenhado. Fácil vender esse corpo em qualquer mercado.

Sei que estou fabricando seu caixão com meu olhar. Antonio não percebe que o contemplo, está perdido a ver-se no espelho onde desempenha seu trabalho sexual. Pensa que eu o desejo com algum tipo de pureza feminina. Se ele fosse inteligente, se eu tivesse vinte anos a menos, certamente me apaixonaria por ele. Consigo gostar dele como gosto de um sapato novo com o qual me sinto confortável até que é hora de deixá-lo num canto para usar amanhã outra vez.

#

Acordo assustada com o sonho da represa. Na televisão, um documentário mostra a cena em que uma mulher encosta um facão no rosto de um homem. Seu nome é Tuíra e ela não ficará na história dos outros, os que veem televisão, senão como essa imagem antes da morte de seu povo. Ela é apenas uma imagem e, como tal, é morta. A vida é menos importante para o homem do que a necessidade de demonstrar sua imunidade ao temor. Ele está morto. A mulher nada pode contra sua posição. Ela está morta como estão mortos todos os seus.

De nada adianta que o cantor Sting se junte ao cacique Raoni. Ambos estão mortos. Eles se abraçam e mesmo assim estão mortos. Tudo se encaminha para a morte. Mas, antes da morte, um processo de degeneração e de putrefação se anuncia por meio do meu sonho. Como se apodrecêssemos antes de morrer, e não o contrário.

Vem a propaganda, eu troco de canal sem conseguir voltar ao canal original. João dorme ao meu lado, acorda durante a noite e pergunta por Betina, coisa que não faz durante o dia. Eu digo durma, amanhã vamos descobrir onde está sua mãe, e passo a noite em claro com essa promessa sem saber se será possível cumpri-la.

14

A represa, assim como a televisão, exige minha contemplação há muito tempo. Imagem da prisão, da cidade, do país, da falta de água a um só tempo. Sonho e realidade, ficção e não ficção. Entre a criação e a destruição, há o limbo da história ao qual fui condenada sem que tivesse cometido outro pecado além de existir.

Uma construção inverossímil, uma destruição acelerada. Uma fantasmagoria que me acompanha por anos. Anos que não foram feitos de meses. Meses que não eram feitos de semanas. Semanas que não eram feitas de dias. Dias que não eram feitos de horas. Horas que não eram feitas de minutos e segundos. O tempo era de copos vazios soltos na solidão dos bares onde algumas vezes encontrei Manoel, fingindo que não estava a procurá-lo.

Os anos eram sapatos gastos, os meses, de poeira, as semanas, os dias e as horas, vento, miasma, ar parado. No pavor de estar suspensa, qualquer coisa me servia de pedra na qual sustentar o corpo.

Como quem se sente segura na corda com a qual será enforcada, fingi que não via o que estava acontecendo comigo. E, quando tive a chance de sair da clandestinidade, preferi ficar nela. Para mim, não havia mundo fora do que eu havia me tornado. Algum ser que se ocupa em atravessar uma represa de merda.

#

Não se pode decompor o tempo. Uso um relógio no pulso por oposição à vida. Olho para ele enquanto espero Antonio, que toma banho deixando totalmente de lado o racionamento da água.

Ele sai do chuveiro, abre a mochila e me dá um pequeno ramalhete de flores de plástico dizendo que me ama. Sentada na cama, manifesto a estranheza e o consolo ao dizer que não se preocupe, que vai passar. Eu me esforço para não rir. Tenho pena dele quando me pergunta se não vou comentar sobre as flores. Parece que leva a sério o que faz e o que diz. Respondo que não sei como proceder com esses aspectos que fogem aos protocolos do nosso contrato.

Ele me pede mais do que posso dar. E mais do que posso pagar. Ele me pede que eu me relacione com as flores de plástico que ele me oferece, como se eu tivesse que aceitá-las. Não sei o que fazer e me pergunto se posso deixar tudo ali e ir embora ou se não há outra forma de viver.

Então, peço licença a Antonio. Digo que tenho uma surpresa para ele. Abro a porta do quarto e vou embora. E essa é uma das últimas vezes que nos vemos.

#

Viver é isso. Falo de um fato aterrador que é o fato de viver quando se deveria ter morrido.

Corto os anos em pedaços e não consigo reuni-los nunca mais. A vida é uma colagem de fragmentos. Um filme de arte, diria Antonio em um momento de bom humor em que está tentando parecer inteligente usando um clichê.

#

Logo que nos mudamos para Madri, Manoel compra um anel de ouro com um dinheiro que eu nunca soube de onde possa ter vindo, em uma época em que temos muito pouco com o que viver, e me dá de aniversário avisando sem qualquer solenidade que é o anel do casamento. Faz frio. Ele não me pergunta, mas eu digo sim, uma palavra que me coloca dentro de uma realidade estranha. Hoje eu vejo que realidade não tem nada a ver com isso.

Pergunto a Manoel se ele usará um anel, porque, por muitos motivos que incluem seu gênio dificílimo, não me é possível perguntar a ele se usará um anel de casamento, um anel que seja seu. Não me sinto confortável para dizer *casamento*, embora eu saiba que se trata disso. Dizer *anel* é mais fácil. Ele responde apenas *não*, com um tipo de firmeza que me impediu de perguntar por quê.

Vivemos assim por anos e anos. Nem sempre eu pergunto, nem sempre ele responde. Aceitar seu modo de ser sem questionar é um jeito de viver sem incômodo. Quando ele morre é um alívio incomum porque minhas perguntas não ficarão sem respostas. Não terei mais que perguntar nada. Agora posso ficar só e não ter dúvidas sobre coisas que não me interessam de fato.

Somente hoje penso que talvez tenha sido por brincadeira que Manoel tenha me dado esse anel. Que ele estivesse brincando ao me levar até a praça no centro da cidade, na frente da capela e me pedir que ficasse com ele para sempre. Quando pergunto se tem que ser para sempre, ele abaixa os olhos no único gesto que pareceu me levar em conta em toda a vida que vivemos em comum. Mesmo assim, ele pega minha mão, coloca o anel em meu dedo e me pergunta onde iremos comer sem responder à minha pergunta.

Eu digo não. Ele finge que não ouve. Seu silêncio é o meu. No restaurante, comemos em silêncio. Penso em como faria para ir embora naquele momento, e fico ao seu lado para sempre.

#

Olho meu anel, o dedo, a mão, estou entre a prisão e a liberdade. Pensando bem, estou entre a prisão e a prisão. Ao redor do meu corpo está a casa, como uma espécie de corpo que contém o meu. E a casa não parece ser um lugar para se viver em paz.

Me vem à mente, a imagem da casa onde vivi com meus pais, como a casa onde vivi com Manoel. Em uma foto que encontro dentro do envelope com as páginas escritas por Elza e que eu havia perdido de vista há uma imagem da sala. Eu leria essa carta de Elza até o fim e de uma vez se suas palavras não me cansassem tanto. Penso em tomar uma atitude. Vou à janela e jogo fora o anel. São tantos andares e não há a menor chance de saber onde ele vai parar. Guardo a fotografia em preto e branco.

Adriana com 15 anos está em pé, entre nossos pais sentados em cadeiras e de mãos dadas. Ostenta um vestido bordado com pequenas flores. Lembro quando o vestiu no dia em que a costureira foi até nossa casa e de como minha mãe chamou as vizinhas do prédio e, de modo apressado e urgente, o fotógrafo para documentar a maravilha. A foto não pode guardar a cor do vestido, de um rosa muito claro, quase branco. Lembro de como amei o tecido perolado e de como sonhei em ter algo parecido quando fosse a minha vez. A festa foi em nossa casa a pedido de Adriana, que não gostava de aparecer, apesar do vestido cheio de pompa. A festa estava cheia de gente, a comunidade escolar, os professores, as freiras, os padres. O apartamento ficou pequeno. Adriana era mesmo popular. Eu me mantive em meu quarto e dormi cedo sem que ninguém desse por minha falta.

Na fotografia da família aos 15 anos de Adriana, eu apareço ao lado de meu pai e não sorrio. Lembro bem quando fizemos essa foto. Meu pai fazia o que minha mãe mandava, assim como eu. Éramos dois figurantes em uma relação fundamental entre minha mãe e uma filha que não sou eu. Adriana repousa sua mão sobre o ombro de nossa mãe. No dedo de Adriana, o anel que ela ganhou de Elza naquele dia. Sinto pena delas agora. Não puderam viver juntas.

Não há fotografia do meu aniversário, porque não há vestido. Não há festa, nem fotógrafo, nem bolo, nem visitas.

#

Nessa casa simples, como em outra qualquer, entre quarto e sala, cozinha e corredor, entre os móveis suficientes, no conforto administrado sem cortinas ou almofadas, sem cores nas paredes, despida de quadros e de espelhos, é nessa casa simples que me escondo. Um lugar pronto para ser deixado, mais do que um lugar para viver. Uma casa para escapar de tudo quando não escapamos de nós mesmos.

Alugo um teto com o dinheiro que recebo da previdência por ter sido a mulher de Manoel, enquanto a rua serve de destino a quem não pode pagar.

É sob esse teto que guardo Manoel, em forma de pó, na prateleira ao lado dos meus poucos livros. Um elefante indiano fabricado na China comprado em um camelô lhe faz companhia nessa nova clandestinidade.

Perto desse endereço no edifício Copan, tantos anos antes, ficava o apartamento moderno de meus pais, cheio de lembranças de viagens, flores e cristais, tapetes e espelhos, pratarias e linhos, rádio e televisão, liquidificador e forno elétrico. Um telefone condecorava o luxo do cotidiano burguês.

O essencial para mim não inclui lembranças. Eu me pergunto se inclui algo como um futuro. João está aqui como prova. Betina não está aqui e é como uma dúvida.

#

Entro encapuzada na sala onde me interrogaram. É o DOI-Codi. Perguntam meu nome e respondo Alice. Então me perguntam novamente o meu nome e eu respondo Alice. Perguntam por diversas vezes sucessivas. Eu digo o meu nome e eles perguntam novamente. Eu digo o meu nome com o sobrenome e nada muda. Percebo que há algo errado e isso me aflige. Há maldade no modo como perguntam, um fio de cinismo no tom baixo e falsamente calmo com que repetem a pergunta, eu me controlo para não chorar e respondo mais uma vez e, muito tranquilamente, Alice. Eles repetem a pergunta à exaustão. Já é a tortura.

Não lembro quantas vezes, certamente são dezenas de vezes que eles perguntam e eu respondo. De um ponto em diante, se não respondo, se fico em silêncio como fiquei algumas vezes, levo um tapa. Respondo justamente para não levar esse tapa. Esse gesto tem o poder de me descontrolar, mas eu me controlo. Esperam que eu diga o nome de qualquer outra pessoa a qualquer momento. Eu poderia evitar que sigam em frente. É assim que muito tempo depois, talvez horas depois de dizer Alice por dezenas, ou centenas de vezes, eu finalmente digo Adriana.

E, quando tento perguntar o que está acontecendo, o capuz sobre a cabeça, a imaginação comprometida, o raciocínio cancelado, eles me dão choques. A dor cada vez mais intensa nos dedos e no rosto, durante horas. Fazem perguntas que eu não consigo entender. Nomes, pessoas, organizações, operações que eu nunca ouvi falar. Respondo que não sei, que não conheço. Invariavelmente eu respondo que não sei de nada, porque, de fato, não sei. Se soubesse, naquele momento, se de fato eu soubesse, eu teria falado. No entanto, não sei e não falo.

Embora eu pense hoje que naquele momento eu teria falado, me sinto menos pior por pensar que foi melhor não ter dito nada. O que só posso dizer porque sobrevivi para dizer que sobrevivi.

Eu me torno Adriana durante meses, e quando saio da prisão já não posso ser mais ninguém.

#

Escreva um livro, Antonio me aconselha. Não dou ouvidos. A memória pode ser um dever e, no entanto, não nos salvará. A memória não é nenhuma justiça. Adriana não voltará. Alice também não. Não há justiça para os mortos, eu digo a ele. E não digo que enterrar os mortos envolveria poder enterrar a mim mesma.

#

Procuro as palavras, porque, quando não resta mais nada, somos feitos apenas delas. Somos feitos das faltas, eu digo a Antonio e, para variar, ele não entende o que quero dizer.

Tento explicar a ele a importância da palavra chumbo e de outras palavras que, de tempos em tempos, ocupam meu pensamento, mas ele não entende. Não é uma questão de escolarização, é de sensibilidade e de disposição. Percebo bem cedo que Antonio é um homem jovem que não sabe nada da vida e que corre o risco de continuar a nada saber. Sobrevive de sua prepotência. Ricos ou pobres, é comum que homens vivam dela. Digo a palavra chumbo em voz alta porque desejo ouvi-la. Eu falo para modificar o espaço do quarto apertado antes de deixá-lo sozinho, a conta do hotel barato e sujo paga mais uma vez com o envelope do dinheiro destinado a Antonio deixado na portaria. Minha liberdade alcançada a cada vez que me permito estar só.

Uma palavra dita em voz alta tem o poder mágico de me reorganizar. É minha meditação particular. Meu sustento espiritual. Poesia, eu digo, mas Antonio é mais um desses que não escuta. Então sinto pena. E desapareço, como aprendi a fazer desde o começo.

Entender o que Antonio diz se tornou uma espécie de brincadeira. Ele continua como algo curioso para mim porque, quando tenho paciência, quero compreender seu modo de pensar, seus conceitos e preconceitos. Eu deveria ter voltado a estudar, deveria ter feito faculdade de filosofia antes que tivessem sido fechadas. Agora só é possível estudar ciências exatas em cursos técnicos e teologia. A prostituição está legalizada, o aborto continua criminalizado, o pensamento crítico é perseguido e só os pastores e os padres conseguem votos quando se candidatam. Não entendo em que mundo vivemos. Sei apenas que teremos que sair daqui mais cedo ou mais tarde.

Apesar disso, quero entender o motivo pelo qual Antonio acredita que vai vencer, como me diz tantas vezes. Por isso continuamos a nos encontrar. Pergunto o que ele entende por vencer, por que diz vencer e não *vender*. Ele se irrita e pede que eu pare de provocá-lo. Sugiro que ele vença a irritação. Talvez isso mude alguma coisa em sua vida. Ele me chama de grossa. Brinco dizendo que ele é histérico. Antonio fica nervoso. Eu digo que ele comprova a minha tese. Ele se ofende e, dessa vez, é ele quem me deixa sozinha no café onde bebemos suco de laranja, atualmente mais barato do que água, depois da estada rápida no motel da rua Aurora que escolhi para hoje e que Antonio achou mal frequentado. Ele sai, eu pego o livro de Margaret Atwood que tenho na bolsa e leio até escurecer.

#

A madrugada esvaziou a rua. Vou à janela e grito sim e não. Eu me afasto com o som que posso ouvir da agonia de Manoel sedado sobre a cama e de meu próprio corpo em transe.

Manoel melhora um pouco nos dias seguintes. Ele me pede para voltar a São Paulo. Já estamos em São Paulo, mas não sei como contar a ele, então prefiro dizer, no meio de sua febre, que ele está morto.

Pela janela as multidões tomam as ruas. Digo a Manoel que a revolução chegou. Tomado de dor, ele vai à janela movido por suas poucas forças. Eu o ajudo esperando que ele caia a qualquer momento. Preferia que ficasse deitado, mas ele insiste em andar até a janela. Podemos ver como o exército e a polícia atacam as pessoas. Ainda não conheço Betina e João e tudo o que vejo não me comove. Manoel se alegra com a guerra a que assiste dessa distância de mais de vinte andares. Em seu delírio noturno ele fala que todos têm que morrer. Todo o poder aos militares, é o que ele diz com um sorriso estranho no rosto. É uma contradição, eu penso, e lastimo que, na condição de moribundo, ele tenha confundido tudo ou tenha se tornado um louco.

Quando Manoel morre, eu me livro da vontade de gritar. Pelo menos por um tempo.

#

Tenho em comum com Antonio essa economia, esse jeito de viver à beira da pobreza franciscana, como ele gosta de dizer. Embora tenha melhorado o guarda-roupa com um casaco para o frio, ele continua o mesmo maltrapilho.

Antonio mantém sua perdição original. Desconhece a cidade e não conhece a si mesmo. Conhecer-me seria um luxo inalcançável para sua mente literal. Antonio ainda usa um mapa de papel em vez do mapa digital. Às vezes penso que isso explica tudo que concerne a ele.

Na pasta cinza ele leva esses sinais de uma vida que se recolhe em pedaços na forma de um livro que, depois de anos a visitar editores para ser, de algum modo, humilhado por eles, não consegue publicar. É uma coleção de pensamentos sobre o desconhecimento que vêm sendo coletados desde sua adolescência, uma obra em pedaços coletada por um homem em pedaços, penso sem dizer. Antonio não espera tornar-se escritor com esse material, não é tão estúpido.

Pior, espera ganhar algum dinheiro, é mais do que estúpido. Nessa época, quando as pessoas se interessam cada vez menos pela narrativa escrita, em que o audiovisual é quase a única forma de conhecimento, talvez seja eu a estúpida que ainda gosta de ler grandes tomos quando já não há com quem falar sobre eles.

15

Minha mãe, a narradora do irrelevante. É o que penso ao ver a carta sobre a mesa da sala dentro do envelope. Faltam algumas páginas para terminar. Na verdade, apenas comecei a ler. João voltará em algumas horas. Quero convidá-lo para vermos um filme. Vou ao mercado comprar pipocas e me sento para enfrentar essa leitura.

Procuro o trecho em que parei, na terceira página. *A vida como ela é, é disso que estou falando*, escreve a minha mãe. Essa formulação desperta em mim um sentimento que seria melhor manter guardado em gavetas. É como um relógio parado que não se tem coragem de jogar fora. Esse sentimento estranho cria asas e ameaça, no menor gesto de descuido, saltar pela janela.

Mesmo assim, levarei a leitura até o fim. Depois de uma breve meditação sobre a solidão e a vida como ela é, minha mãe segue a perguntar na carta por Luiz. Ela fala dos padres levados para um almoço em nossa casa quando Adriana pensava em ser freira. Adriana adorava dar pistas falsas e os freis foram uma delas. Se tivesse planos mais sinceros, teria chamado as freiras para o almoço. Luiz estava lá com Ricardo e Ronaldo, os padres que deixaram minha mãe desconfiada de que eram, na verdade, um casal. Nunca entendi o objetivo de Adriana ao apresentá-los a ela. Tenho uma lembrança muito vaga desse dia. É nítido que meu pai viajava, e que minha mãe bebeu demais naquela noite. Fui à cozinha buscar água e ao passar pela sala de jantar a vi perguntando qual deles deixaria de ser padre para se casar com Adriana. Achei graça ao ver minha irmã em silêncio, vermelha, pedindo que nossa mãe se acalmasse. Nem parecia a mãe da bem--comportada e elegante Adriana.

Elza morria de medo de que Adriana se tornasse freira. Usou a hospitalidade exagerada que a caracterizava para esconder esse pavor e, ao mesmo tempo, poder apavorar os padres sem se comprometer. Deu uma doação imensa para a igreja, o preço de um carro, ouvi dizer. Não sei de onde minha mãe tiraria aquele dinheiro senão de meu pai, que detestava os padres. Senti pena dela, escrava do lar, roubando de seu senhor com a conivência de Adriana. Ao mesmo tempo, era esperta. Sinalizava que doaria mais se não tentassem seduzir sua filha. Estar bêbada para dizer uma coisa dessas era a sua estratégia para não parecer uma mulher controladora e má. Sabia que os padres eram gays e estava se rindo deles, constrangendo-os e subornando-os ao mesmo tempo.

À mesa, Deus foi um assunto raro. Adriana havia cortado os cabelos muito curtos como os rapazes usavam naquela época e ficaram horas a elogiar sua beleza e a discutir os costumes. Eu me mantinha ouvindo a conversa do quarto. Adriana fez uma trança nos meus cabelos ainda longos e descuidados naquela noite. Logo também eu os cortei, o que facilitou para que fôssemos confundidas.

Minha mãe transforma sua carta em um memorial dirigido a Betina. Penso na insistência de Betina para que eu leia tudo isso e quase desisto. O que Elza pensava não me interessa agora, não consigo me concentrar. Ela fala de sua preocupação com as filhas na época em que as mulheres já tinham o direito de estudar, ao contrário dela, que só pôde terminar o Ensino Médio e se casar. Comenta que Adriana e Alice faziam o que bem entendiam o dia todo. E que, mesmo tendo medo, pensava ser melhor assim. Ela comenta que tem objetos para doar e que queria deixar com Betina o piano de Adriana. Pede que, caso ela volte, diga que foi cuidado com esmero.

Então, minha mãe pergunta sobre meu túmulo. Se Betina levou flores. Fala que nunca conseguiu me entender, que eu era silenciosa demais, que eu era arisca demais, que eu sempre fugia dela.

Em sua memória sou um rastro, uma mancha que, de vez em quando, se faz presente.

#

Na poltrona da sala, meu pai tem *A origem das espécies* nas mãos. Não sai da página há horas. Minha mãe percebe que ele dorme. Pensa que o destino a tudo conduz.

Na cozinha, ela faz bolinhos de chuva para ninguém mais. Derrama farinha no chão com seu jeito desengonçado, espera que alguém, uma empregada que não existe mais, venha limpar a sujeira que ela faz. Um bem-te-vi entra pela janela e voa ao redor de sua cabeça. Ela quer rir do pássaro aprisionado. Ela sempre riu de qualquer coisa. Dessa vez não.

Seu riso desaparece com Adriana. Eu, de minha parte, simplesmente, estou morta.

#

As paredes ao redor devem me assegurar de que estou onde estou. É o jeito que encontro de não cair, de ficar sobre meus pés. Um jeito de buscar a compreensão das coisas de um modo prático, assim, cuidando que as paredes sejam apenas paredes. De que isso seja uma casa e não uma prisão.

Minha mãe escreve sobre a compreensão. Concentro meu corpo inteiro, esse corpo que carrego sobre os pés, nas palavras que ela desenha nessas páginas da carta. Não se pode compreender, eu penso. Sobra a compreensão como uma palavra na qual eu me concentro. Parece que ouço Antonio me chamando na porta para ver um modelo novo de carro que passa na rua, mas é apenas o cansaço que me surge por habitar o limbo entre a realidade e a fantasia. Antonio é uma aparição nesse momento que logo se apaga. Eu preferia a companhia de Cacilda Becker, e ela não está aqui.

Compreensão, minha mãe afirma, é o que os padres oferecem às pessoas. Ela diz que, depois de anos, foi procurar um. Conta a Betina que o padre disse apenas que Cristo tinha sido provado e que ele, apesar do sofrimento, ele que era o Cristo, ele tinha compreendido. Então, ela se diz conformada. Que Adriana seguiu seu destino e que também ela deve ter compreendido.

A mim, me foge a compreensão, e me foge também esse Cristo a cada momento em que medito sobre o peso da vida e o peso da morte, esses pesos que se confundem.

Penso nos anos e na compreensão que deveria vir com eles. Os anos, no entanto, não passam de fios de cabelo entrelaçados que me caem sobre os ombros. Fios que são como fios de chumbo, densos e pesados, fios que vergam meu corpo inteiro até o chão, como se, pelo peso das minhas próprias partes, de um corpo que nunca mais poderá reconstituir-se, eu fosse entrar por um buraco, um furo no chão cavado por mim mesma, e por meio desse buraco sumir para sempre sob punhados de terra que outros me ajudam, sem muito ânimo, a lançar sobre meu próprio desaparecimento.

É meu desaparecimento o que posso expressar sem poder compreender. É ele que explica a sensação que tenho quando penso em meu corpo habitando o tempo presente. Eu não estou. Nesse tempo, eternamente presente, os anos se vão como os rostos desconhecidos das tantas pessoas que encontrei, aqueles dos aprisionados, aqueles dos carcereiros, dos soldados, dos presos que não sabiam, como eu não sabia, o que estavam fazendo ali.

Meus pais, muito velhos, são essas pessoas que já tiveram muitos rostos. Pessoas cuja vida pode ser explicada pela soma e pela subtração de tantos rostos, rostos que se vão como palavras ditas ao acaso, soltos em uma massa indiscernível que se lança para dentro desse buraco em cujo fundo desconhecido estou eu mesma. Os rostos se vão como os anos se vão e, inquietantemente, insistem em ficar, presentes como fantasmagorias que estando, no entanto, não permanecem senão como em uma sala cheia de espelhos em que a confusão entre as imagens é inevitável. É difícil para mim explicar com palavras menos nebulosas, porque faz tempo que outro modo de ver as coisas se tornou impossível. Habitar a impossibilidade tornou-se um fato. A impossibilidade é o lugar onde moro. Um lugar que conquistei durante esses anos, se é que se pode falar assim.

Meus ombros caem sobre meu corpo como se não fizessem parte dele. O vergamento é inevitável. Passados esses quarenta e tantos anos, conheço o peso das coisas com a força do tempo, aquele que faz a vida pesar fora dele. Aquele tempo de chumbo que não se elimina do corpo, que passa a fazer parte dele.

#

A perseguição é um modo de ser, o que os paranoicos inocularam em meu corpo. Que consolidaram com os choques e eternizaram com os tapas nas orelhas com os quais se divertiam perversamente. Não há palavras para descrever, e apesar disso estou tentando falar. As palavras se tornaram um impedimento desde aquela época e, no entanto, eu me valho delas agora enquanto leio a carta de minha mãe para Betina e penso nas cartas que não escrevi.

Como qualquer pessoa que habite esse mundo com a mínima consciência da vida, demorei a entender que não sou o centro de nada, sequer de minha própria vida. A vida não continua para quem sobrevive. Digo a Antonio que há escutas em minha casa, que eles vêm de vez em quando e batem à porta. Não faziam isso quando eu morava fora. São reais. Antonio diz que estou precisando de um psiquiatra e que o sonho da represa é um sinal de que realmente preciso de remédios.

Nesse dia, não lembro mais em que lugar eu o deixo só, sem pagar a conta do café. Não o verei de novo.

16

Escrevo um bilhete a León. Revelo o medo que sinto naqueles dias de estar grávida, de que Adriana conte à minha mãe que não me viu. León me leva para conversarmos no apartamento na rua Avanhandava, no qual Adriana nunca me convidou a entrar. Ela está na sala ao redor de uma mesa com pessoas que nunca vi, reconheço apenas Luiz e Manoel que estão ao lado um do outro. Adriana olha para mim e fecha os olhos, balança a cabeça para os lados e eu fico sem entender o que se passa. Sigo para o quarto com León. Ele me pede que eu fale o que tenho a dizer, quando alguém bate à porta da sala. Emudeço.

Antes que eu fale, León foge pela janela que dá para um telhado. É seguido por outros dois homens que eu jamais vi e que também estavam ao redor da mesa. Os demais permanecem na sala a olhar uns para os outros em silêncio. Eu deveria ter saído pela janela, mas vou até Adriana para ver o que está se passando. Ela me olha estarrecida e pede que eu leia seus lábios, *vá pela janela*. Meus pés estão presos ao chão. Não imagino o que está para acontecer.

O movimento é muito rápido. Os homens entram pela porta com um pontapé, embora ela tenha ficado aberta quando entramos. Sou encapuzada e algemada, nessa ordem. Ouço Adriana dizer que me deixem ir, que não sou da turma. Escuto um tiro no meio do meu nome e o silêncio que surge naquele instante me apaga para sempre. Quando me colocam no carro com a cabeça tapada, não consigo imaginar o que está acontecendo. O tiro não era para mim e tenho medo que tenha sido para Adriana.

Meu corpo ocupa o espaço do porta-malas enquanto o carro anda. Ao meu lado, outro corpo inerte como uma pedra. O cheiro de Adriana. Chamo por Adriana, ela me responde, *Alice*, depois seguimos em silêncio.

#

Fomos aniquiladas, é isso o que Betina precisa saber logo de uma vez. Que, a certa altura da vida, todo tempo é pouco tempo. Mais cedo ou mais tarde, não se devem cultivar segredos sem propósito.

Estar vivo e viver são coisas diferentes. Sobreviver foi o que me coube, diferentemente do que se deu com Adriana, que não teve a mesma sorte, não que essa sorte, a de sobreviver, tenha sido boa, ela não foi nada boa, foi apenas o que me coube.

O que me coube foi a ação de viver mesmo quando essa ação se resume em apenas estar, não em agir, não em fazer alguma coisa, em ser movido pelo desejo ou pela vontade de que alguma coisa se modifique, apenas estar, ficar parado no mesmo lugar tendo o corpo preso aos pés, deixar o tempo passar ao redor a estreitar com seu veneno histórico o espaço habitado.

#

Na janela, diante da infinitude urbana do cinza, eu me esforço por terminar de ler a carta endereçada a Betina. Houve toque de recolher na cidade toda depois que o prefeito foi morto a tiros por um deputado que entrou em surto em seu gabinete. É o povo quem paga pela psicopatia generalizada dos políticos eleitos em meio a chantagens e ameaças. João chega cedo, fica deitado para jogar no computador e pega no sono. Vai dormir até amanhã abraçado à baleia de pelúcia.

Minha mãe escreve sobre meu pai morto. E essa morte em nada me surpreende. Ele demorou mais a morrer do que eu esperava, é um pensamento que surge quando deveria ter ficado escondido. Seu rosto de velho ganha um rosto de morto. São rostos que não conheço, que crio com minha imaginação. Penso se deveria chorar e procuro uma lágrima que, mais uma vez, não aparece. Minha frieza intriga a mim mesma. Eu me levanto dessa cadeira onde me sentei com uma dificuldade que desconhecia até agora e penso na força da idade.

Aproveito a luz que resta desse dia nublado, a esperar a lágrima que não vem. Penso no inútil do meu pensamento. No inútil da lágrima inexistente. A aspereza de minhas mãos não me permite sentir o papel da carta. Procuro apurar o tato. Aperto a ponta dos dedos. Desconcentrada, leio novamente o começo, esse trecho em que Elza pergunta como Betina está. Ela chama Betina de *minha pequena*, como nos chamava, a Adriana e a mim. Pergunta quando verá João outra vez. Pede que envie uma fotografia do menino.

Tentando me concentrar, releio os parágrafos. Minha mãe está velha, eu penso, enquanto sou levada pela imaginação à qual suas palavras me conduzem. É fácil perceber que ela busca forças para compor a imagem que tenta descrever. A tinta da caneta está no fim e as palavras precisam ser redesenhadas em vários pontos. Ela insiste. Na minha imaginação, a tinta da caneta acabará antes que a imagem se apague. Minha mãe teria sido uma boa escritora, tenho tempo de pensar antes que ela desapareça dessa memória que me atinge agora com força alucinatória.

Meu pai está morto em um caixão de cedro. Esse é agora o seu caixão, o que lhe coube, um caixão próprio ao qual o morto pertence. Penso no caixão que nos contém. O caixão é a última posse, assim como a roupa com a qual se é enterrado. Eu me lembro de minha mãe falar assim ao voltar do enterro de sua própria mãe, do caixão sem gavetas, como ela dizia, no qual foi enterrada.

Ela descreve o caixão que comprou para meu pai sem muito escolher e comenta sobre o caixão no qual fui enterrada. Era parecido e permanece fechado porque meu corpo está irreconhecível. Meu pai está dentro do caixão de cedro com a roupa de aviador que ele usava no início de sua carreira, uma roupa que só conheci pelas fotografias que ele nos mostrava quando foi aprender a voar nos Estados Unidos e nem éramos nascidas. Enrolando as mãos como que a segurar as magras falanges de velho, um terço de contas pretas, ela descreve. Meu pai enquanto morto não tem força para desvencilhar-se desse objeto que não o representa, eu penso.

As luvas de aviador ficaram na borda do caixão, ideia de minha mãe, que sempre pensou em decorar o mundo, em tornar tudo mais bonito, mesmo em momentos impossíveis como esse. No caixão que era meu, ela manda estender um pano florido e a bandeira do Rio Grande do Sul sem que nada disso tivesse sentido senão esconder o caixão de cedro porque, para minha mãe, um caixão seria, mesmo quando bonito, uma coisa muito feia para uma jovem. Então ela conta que não teve coragem de me olhar no instante em que ele foi aberto por meu pai, que corajosamente olhou para dentro como se espera de um homem, fechou os olhos e não derramou uma lágrima.

Devemos uma lágrima um ao outro.

#

Minha mãe descreve meu pai em seu próprio caixão em detalhes, e o que resta depois dessa morte de um modo mais resumido. Uma casa, um pouco de dinheiro que ela deixará a Betina e João. Pergunta sobre o pequeno João e pede novamente uma fotografia, como se já tivesse esquecido o que escreveu antes. Pergunta pela conta bancária de Betina. Um pouco mais adiante, fala de Adriana. De como sente sua falta. De como gostaria de ter uma filha hoje em dia para acompanhá-la nesse final de vida. *A solidão não se pode medir*, ela escreve. E, logo mais, comenta como seria bom se Adriana finalmente aparecesse. Não pergunta como terá desaparecido. Nem por quê. *Os mortos merecem descanso*, diz ela, referindo-se ao meu pai. Penso se ela me incluiria nessa regra. Estou mais morta do que os outros e não devo ser lembrada.

Em nenhum momento ela se pergunta sobre o que meu pai viu quando abriu o caixão no qual eu deveria estar.

Eu me pergunto sobre o olhar de Betina ao ler essa carta. Sobre o que imagina que eu pensarei. Se ela sabe de algo. Não sou capaz de tirar de mim a minha própria dúvida. Chego a me perguntar se estou viva, ou se até agora estive apenas alucinando. A carta não me comove, e mesmo assim me atinge. Pena que não posso chorar. Penso em ir com João até Bom Jesus, para que minha mãe o veja. Penso que, se ela vir o menino, poderá morrer em paz.

Quando João acorda pela manhã, pergunto se ele quer visitar sua bisavó na cidadezinha onde ela mora, no Rio Grande do Sul. Ele me diz que só se for no cemitério. Que ela morreu faz tempo. E que sua mãe chorou muito quando contou a ele, porque ninguém foi ao enterro.

\#

A experiência da duplicidade que caracteriza minha vida grita em mim como naquela imagem impressa no fascículo comprado em uma banca de jornal que Manoel me dá quando vamos para a Espanha, uma imagem do grito de Munch que está em Oslo, cidade onde nunca estive. Não se pode ouvir o grito e, no entanto, eu o escuto.

Por algum motivo que até hoje desconheço, esse grito surge quando vejo as pernas da morta sem poder ver seu rosto, a morta aparece na solitária quando estou grávida e espero a morte. Talvez não seja uma presença. Talvez se trate de uma alucinação, como é minha própria vida, essa vida partida em duas, essa vida dividida, não multiplicada, essa vida falsificada dentro da vida danificada.

Uma vida cujos estilhaços não perco, de certo modo, a esperança de reunir, sobretudo quando penso em João, em seu futuro, na vida inteira que ele tem pela frente. E ainda que eu não reconheça a existência de forças que possam me livrar do peso de minhas experiências, da confusão que sempre vivi entre ser quem sou e quem não sou, o que não se explica se digo que vivi entre o peso e a leveza, mas, quando comparo o peso ao peso, então nesse caso eu entendo que a vida encontre seu resumo em si mesma, que viver é resumir-se, que não pode haver nada além desse breve resumo.

\#

Já é setembro e Betina não deu notícias. Passaram-se semanas, mais de um mês. Não tenho mais como justificar sua ausência a João, que continua a perguntar por ela. Converso sobre o trabalho de sua mãe sem saber, nesse momento, que ela se demitiu. Ele pergunta se eu não trabalho. Conto que já trabalhei e que tenho uma espécie de aposentadoria. Que sou da época em que as mulheres tinham direito a ficar com a aposentadoria do marido quando eles morriam ou quando se separavam, já que haviam trabalhado para eles sem remuneração. João arregala os olhos fixos no desenho de uma árvore e, parando de desenhar por segundos, me pergunta se eu não quis ter filhos. Prometo a ele que contarei os segredos da minha vida quando ele fizer 30 anos. *Você pode já ter morrido, Lúcia*, ele me diz enquanto traça folhas minúsculas ao redor dos galhos. Permaneço em silêncio, sem ter o que dizer. Onde está Manoel, ele segue, colocando um ninho com ovos entre as folhas. Suas cinzas estão guardadas na urna ao lado do elefante indiano, na estante. *Podemos ver*, pergunta, deixando de lado lápis e papel. Eu pego a urna e a coloco sobre a mesa. Ele abre e me diz que nunca imaginou a cor da morte.

Prometo a João que, assim que chover, levaremos a urna com as cinzas de Manoel até a praça Buenos Aires e lá as deixaremos. Manoel poderá continuar a viver na forma de uma árvore ornamental, um ipê, um jacarandá como esse que ele desenha. Ele me corrige dizendo que é um pau-brasil.

João me pergunta se um dia irá chover. Digo que há de chover, senão estaremos mortos. Ele me pergunta como viveremos quando estivermos mortos.

#

O telefone celular de Betina permanece desligado. Vou ao escritório do partido com medo de que falem que estou desconfiada de seu sumiço. As colegas me contam que ela se demitiu antes de viajar. Pode ser verdade, pode não ser. Vou à polícia. Em frente ao prédio, sem conseguir atravessar o portão, meus pés fincam no chão e a imagem de Luiz a chorar diante de Van Gogh me vem à mente.

17

Luiz é uma espécie de personagem do acaso retirada do inconsciente da história. Um desses fantasmas que estão sempre por perto e que só vemos quando estamos distraídos. Sua imagem diante do quadro de Van Gogh não se dissipa em minha mente desde que o vi. Sua postura a chorar diante do retrato continua sendo uma incógnita. Penso nele e, num determinado momento desses pensamentos, ele me telefona. Talvez minha aparição no museu tenha para ele o mesmo teor de mistério e perplexidade que a sua aparição teve para mim. Que ele me ligue agora é como a realização de um pensamento mágico. Eu diria isso se tivéssemos alguma intimidade. De sua parte, no entanto, fala como se fosse meu amigo desde a infância e tivesse me reencontrado depois de ter me perdido em um mundo inóspito do qual voltei por milagre. Ele já foi padre ou coisa parecida, talvez acredite em milagres. Ele me pede que eu vá ao seu encontro o mais rápido possível. Me dá o endereço insistindo que eu anote direito porque é difícil chegar lá.

Procuro pelo pequeno apartamento em um dos grandes conjuntos habitacionais da imensa avenida Nordestina. Dessa vez, vou de metrô e pego um táxi no shopping Itaquera, onde se vendiam mercadorias populares e que hoje serve de canil para cães perdidos e abandonados que já não têm quem queira adotar. O metrô ainda serve àquela região, mas, à medida que o centro se torna cada vez menos povoado, mais as linhas de ônibus se organizam para servir às periferias transformadas em novos

pequenos centros. A miséria não é menor por isso. Compro frutas-do-
-conde de uma vendedora ambulante na porta do condomínio e ela me
ajuda a chegar ao prédio de Luiz em meio a muitos outros prédios que
têm a mesma cor esmaecida e que estão igualmente abandonados. Se
ele permanecesse na igreja como padre, não viveria em condições tão
precárias, eu penso. O lixo está à porta de cada prédio e logo os ratos a
correr, no que, em outro contexto, seria um jardim, virão aproveitar-se
dos restos que brotam de todo esse desleixo. A cidade foi invadida pelos
ratos que morrem de sede como os gatos e os cães.

Imagino Betina a reprovar meu ponto de vista sem perguntar os
motivos que me levam a pensar que a causa da miséria é sua própria
repetição e não que esteja fora dela na exploração dos mais fracos. Deixo
a imagem de Betina me chamando cheia de explicações para depois.
Bato na porta, ninguém vem abrir, bato novamente e assim até testar
o trinco que se abre sem esforço. Entro no apartamento pela porta da
cozinha que parece ser a única. Sobre o fogareiro de duas bocas, uma
caneca de alumínio dentro da qual há café frio. Estou com sede, corro
os olhos por todo lado e testo a torneira na qual sai um fino fio de água
turva. Não há geladeira. Moscas minúsculas rondam duas bananas
maduras sobre a pia que deve servir também de mesa. Um banco de
madeira escura está solto no espaço no qual não caberia mais nada. Ao
lado do prato vazio sujo de feijão, uma panela pequena e uma casca de
ovo ressequida de dias. Contemplo a desolação. A palavra me conduz
ao que falta na realidade dessa miséria, imagem perfeita do capitalismo,
eu raciocino lembrando do que diria Antonio. Quase não vejo a porta
que leva da cozinha ao quarto, quando a voz de Luiz me faz atravessá-la.

Venha até aqui, minha querida, é como ele me chama. *Que honra
receber você no meu barraco*, diz ele em um tom tão doce quanto o cheiro
do apodrecimento que experimenta sobre a cama. Por favor, me chame
de Lúcia, digo a esconder minha perplexidade com seu estado. *Lúcia
era o nome destinado a Adriana, minha querida, eu sei disso, fui eu que
o escolhi*, responde ele, afundando entre lençóis sujos. *Naquele dia no
museu eu não sabia como chamá-la.* Percebi, eu respondo sorrindo para

que ele pense que está tudo bem e que não noto seu estado. *Tive sorte de permanecer com meu nome de batismo. Logo eu, que sempre quis ser outra pessoa*, comenta ele.

Eu perguntaria se ele conseguiu ser outra pessoa se o cheiro de podridão me deixasse falar. *Se ao menos eu tivesse conseguido outro nome, sempre achei Luiz um nome tão pobre*, e pronuncia *Lúcia* enchendo a boca. Ouço sem dizer nada. Creio que é minha obrigação dar ouvidos a ele, um sorriso falso e segurar sua mão que sua tão frio quanto a minha. Certo senso de humanidade me toma, apesar do nojo.

Lúcia, vou me acostumar a te chamar assim. Tem quem não goste de ser chamada de querida, eu imagino que você seja uma dessas pessoas que não gostam disso. Pessoas de personalidade forte não gostam. Você sempre foi arredia, sempre foi silenciosa. Eu pensava que você era tímida até descobrir que você tinha sobrevivido. Os tímidos não sobrevivem. Ou você não era tímida ou você é a exceção a essa regra.

Escuto em silêncio com um sorriso obrigatório no rosto no qual tento equilibrar o dever e a curiosidade que, numa combinação mórbida, me mantêm ali diante de um moribundo que fala comigo como se fôssemos íntimos. *Espero que você entenda. Você é realmente uma pessoa querida para mim, apesar de não nos vermos há tantos anos, de não termos tido contato verdadeiro naquela época. Você era muito menina. Eu sempre falava com Adriana sobre você. Adriana era quem sabia de tudo.*

Permaneço em silêncio.

Olhe, eu estou doente há tempos. Quando nos encontramos no museu eu acabava de saber que um namorado meu havia falecido. Temos a mesma doença. Não é Aids, a Aids já se foi. É um outro tipo, novo. Alguns especulam que é como uma cirrose que atinge grupos inteiros de pessoas. Mesmo que você não tenha bebido, você pode ser a próxima vítima. Uma dessas doenças usadas para eliminar a raça humana da terra.

Tento interrompê-lo quando sua fala se acelera sem que ele demonstre forças para continuar.

Mas não há mais raça humana, então não estou entendendo o que se passa. Ele comenta e ri, ri muito, até engasgar.

Luiz, Luiz, eu digo pausadamente e ofereço-lhe um lenço de papel que trago comigo na bolsa. Me ouça, você precisa ir a um hospital. Vou levar você até o posto de saúde, depois vemos se você precisa de mais que isso. *Não, não ainda*, ele sussurra. *Escute, menina, eu preciso dizer uma coisa.* E segura minha mão com força. *Não vou seguir em paz se eu não falar. Eu devia ter falado antes*, diz angustiado em meio à sufocação que experimenta. Fique tranquilo, pode falar quando quiser, fale depois, não temos pressa, eu procuro acalmá-lo. *Escute bem, Alice.* Ele me chama assim e a pena que me turva os olhos não me deixa contestá-lo. *Betina teve que fugir.* Não imaginava que Betina tivesse falado com você, respondo. *Ela fala*, querida, *ela fala*. E o que ela diz? *Ela fugiu porque tem ajudado algumas mulheres de uma forma que foi proibida. As mulheres do partido estão sendo cassadas. Como uma caça às bruxas. Ela vai precisar da sua ajuda, Alice.* Preciso saber onde ela está para ajudar, Luiz. Ele desconversa. *Desde o começo ela queria saber da mãe. Tinha esperança de encontrar a mãe.*

E ela encontrou você, Alice. Sim, Luiz, eu sei. Estou até hoje perplexa com a existência de Betina, comento para ajudá-lo a descansar um segundo. Seria incrível se a vida não tivesse se transformado nessa ficção toda, digo a ele. *Escute, Alice, vai ser difícil para mim chamar você de Lúcia, me desculpe.* Tudo bem, Luiz, me chame como preferir, falo como quem sabe que ele não poderá dizer nada em breve. *Me custa dizer o que vou dizer. Então ouça, minha querida, olhe bem, ouça com cuidado e atenção. Betina está longe. Ela me telefonou ontem bastante preocupada. Ela não poderá voltar.* Eu imagino, Luiz, eu o consolo como se essa novidade não me perturbasse. Fique calmo, por favor, vamos levar você ao médico.

Ela sabe de tudo, insiste ele, com dificuldade de pronunciar as palavras devido à boca seca. Eu me esforço para entender o que ele quer dizer e decido confirmar o que sempre imaginei. *Me dê um pouco de água, Alice.* Luiz, vou ter que buscar água lá fora. Espere um pouco, eu volto logo. *Não, espere, ouça, ouça bem. Betina sabe de tudo sobre você.* Eu imagino, Luiz, ela deve ter ligado os pontos. Ela acredita que Adriana está viva e que, de algum modo, estou escondendo alguma coisa, que estou mentindo sobre o paradeiro de Adriana, digo para poupá-lo enquanto pego a bolsa que deixei no chão e me preparo para sair em busca de água. *Ela descobriu que Adriana está enterrada no túmulo de Alice.* De certo modo, eu mesma havia me esquecido disso. Não imaginei que Betina fosse pedir uma autópsia do corpo que está ali. Aviso que vou pegar água enquanto ele murmura coisas delirantes como essa que acaba de revelar. *Você sabe como era naquela época, Alice. As pessoas eram mortas e os assassinos sumiam com os corpos. Nada mudou, querida.* Percebo que ele delira e peço que me aguarde um pouco, que vou buscar água.

Vejo que você ainda não entendeu, Alice, diz ele, molhando a língua seca nos lábios ainda mais secos e olhando fixamente em meus olhos. Entendi sim, Luiz. Talvez você não tenha entendido. Agora escute o que vou dizer. Adriana não pode ser a mãe de Betina, eu sou a mãe dela. Disseram na prisão, na enfermaria, depois de tempos de tortura, que meu filho havia sido afogado. Mas não é um filho, Luiz, é uma filha. E ela volta agora para mim, na forma de Betina. Isso é fascinante, Luiz. Digo a ele o que não tive coragem de dizer até esse momento nem mesmo para mim.

Ele franze os lábios em desespero. Meu coração dispara de medo de que Luiz morra agora, minhas mãos suam como as dele. *Você sabe, Alice, que o corpo de Adriana foi enterrado como se fosse o seu. Cortaram a cabeça, as mãos e os pés, como fizeram com Rosa Luxemburgo. A morte é mesmo parecida com cada um que ela leva.* Ele me diz tudo isso enquanto eu me pergunto aonde quer chegar com uma história tão absurda. É a iminência da morte que o faz delirar, eu penso.

Manoel nunca me disse nada, revelo a ele. *Manoel sabia de tudo, Lúcia. Foi ele quem providenciou aquele túmulo. Ele era apaixonado por Adriana, você sabe disso.* Foi ele quem recuperou a cabeça de Adriana das mãos dos militares que a torturaram. Por isso ele ficou louco. Começou a beber não apenas para esquecer, mas para tentar apagar a si mesmo. Ele sentia culpa. Escuto pensando no que ele formula no meio do seu delírio, está quase morto e se engana para viver mais alguns minutos. Manoel não me disse nada durante todos esses anos, Luiz, você está exagerando, eu comento. Adriana nunca me contou sobre um namorado, um caso, ninguém, naquela época. Manoel e Adriana mal se conheciam, digo a ele ao ver que é preciso interromper o seu delírio.

Alice, Manoel nunca diria nada, sua boba. Ele era um infiltrado que se apaixonou por Adriana. Era parceiro de León, com quem você tinha um envolvimento. O pai de Manoel era um general importante. Você deve se lembrar do General Malafaia, que teria se tornado presidente se não tivesse sido morto por um garoto em um apartamentinho em Copacabana, no Rio de Janeiro. O garoto era o contratado do general para aquela noite, todo mundo ficou sabendo.

Manoel fugiu assim que o pai morreu. Disse a todos que iria buscar uma comunista em Lisboa. A comunista era você. Pediu a cabeça de Adriana que já tinha sido cortada a mando de seu pai. Era uma coisa que não se fazia, mas daquela vez se fez. Era um requinte mórbido, uma atitude abjeta. Ele enterrou a cabeça com o corpo. Não foi uma operação fácil porque o caixão estava fechado desde que saiu da funerária para o cemitério. O corpo foi jogado no parque do Ibirapuera para disfarçar. Estava sem a cabeça. Manoel começou a ficar louco naquele dia. Antes era apenas uma pessoa sem caráter. Confesso que a loucura lhe conferiu algum tipo de alma.

Você foi o pretexto de alguma coisa que eu demorei a entender. Um dia antes do suicídio, ele me chamou na lanchonete da Sete de Setembro onde conversamos algumas vezes desde que vocês voltaram para o Brasil. Ele estava bem, achava que viveria mais uns meses. Manoel pensava, por eu ter sido padre um dia, que eu devia ouvir suas confissões. Uma vez padre, sempre padre, disse ele. Você está enganado, Luiz, eu falo preocupada e até mesmo estarrecida com o que ele me diz. Manoel era comunista, era um herói para muita gente. Ele ensinou história da América Latina para jovens na Espanha.

Não, Alice, ele era um covarde. Ele usou você como álibi, vivia entre nós por obrigação, acabou apaixonado por Adriana, como muita gente naquela época, homens, mulheres, padres, freis, freiras. Todos amavam Adriana. Nesse momento, Luiz ri. *Manoel era um jovem infeliz, filho de um general que não admitia a própria homossexualidade, como não poderia deixar de ser naquela época, e que exigia do filho uma postura de supermacho. O filho tinha que compensar a masculinidade falha do pai sendo um monstro, mau, cruel, paranoico. O pai de Manoel vivia o conflito entre a farda e o vestido,* Luiz ri. *Manoel sofria, Alice. Eu tinha pena dele. É esse meu lado padre que não saiu do meu corpo, mesmo depois de largar a batina e cair na mais deliciosa farra. Eu também tive pena do velho. Foi encontrado morto de calcinha e sutiã, a peruca loira caída ao lado da cama. Que vida triste, até batom ele usava. Manoel nunca contaria isso a você. Claro que não. Ele era um moralista, um traidor envergonhado. Não era um apoiador do regime senão pelo pai e também não estava do nosso lado. Era apenas um boneco do pai. Apaixonou-se por Adriana e foi atrás de você quando ela não existia mais. Foi atrás de você porque não queria que você voltasse e entendesse tudo. Alguém tinha que permanecer na ilusão de que as coisas não eram bem assim.*

Estou muda.

Manoel foi mais um covarde como tantos que aparecem em meio às lutas nada fáceis que as pessoas travam pelos mais diversos motivos. Que se fazem passar por lutadores. Os traidores são legião, Alice. E Manoel era o maior dos covardes, nos entregou a todos junto com León e achava que preservaria Adriana. Quando ele me disse que vocês viveram juntos todos esses anos, eu não acreditei. Ele me contou que viveu com você porque você era fisicamente igual a Adriana. Não imagino que tipo de vida você pode ter tido com ele, mas sua irmã não aceitaria um homem que passou a vida mentindo e fugindo e que depois foi se esconder na bebedeira. Ele era um fraco até para continuar sendo um perverso. Adriana era uma menina adorável. Ela não teria aceitado, Alice. Ela não teria aceitado.

Luiz respira com dificuldade. Tenho medo que ele morra cansado de tanto falar com a boca seca como se mastigasse ferro. Mesmo assim, vendo-o lamber os lábios, pergunto o que mais ele sabe que eu não sei.

Ele está cansado e para de falar. Vou até a cozinha, pego o copo de plástico, encho com água da torneira. Os quilos de cloro colocados para matar as bactérias do fundo do volume morto que nos matarão tornam o líquido esbranquiçado. Em segundos, a coloração melhora e dou de beber a Luiz, que não tem força para segurar o copo nas mãos. Eu o seguro pela nuca e levo o copo à sua boca. Ele bebe a água, me olha e fala que, *embora não tenhamos certeza de data alguma, você sabe que Adriana morreu sem ter visto Betina. Levaram a criança tão logo ela nasceu.* Repito que Betina não poderia ser filha de Adriana. Betina é minha filha e vou contar isso a ela finalmente.

Você não é a mãe de Betina, Alice. Ela foi salva porque Manoel providenciou essa fuga, afinal, era a filha dele. Uma faca finíssima me atravessa do topo da cabeça até a base do sexo, me dividindo em duas. Ele abre os olhos e lança um sorriso em minha direção com os lábios colados. Então, os dentes se mostram e ele ri de um modo que me parece perverso, com gargalhadas semimortas, já sem força para nada. *Alice, você está se fazendo de tonta,* ele quase grita, estranho como um boneco. *Não faça isso comigo, eu estou à beira da morte,* diz e ri loucamente. Eu me assusto e sorrio com calma, voltando à realidade mais dura.

No dia em que vocês foram presas, as duas no porta-malas do carro. Você se lembra disso, não é possível que não se lembre. Adriana tinha descoberto que estava grávida. Mataram um dos companheiros e ela entrou em estado de choque. Eu vi vocês serem jogadas no porta-malas. As duas. Pensei que estivessem mortas. Todo mundo pensou. Eu não podia fazer nada. Ninguém podia. Fiquei com pena dos seus pais perdendo as duas filhas de uma vez.

Eu mesmo fui dizer à sua mãe que você tinha morrido e que Adriana tinha fugido com a ajuda de Manoel. Tive que dar razão a Manoel quando ele veio com Betina com menos de um mês de idade e me pediu que entregasse a criança aos seus pais. Era muita maldade com eles, seu pai já era um velho. Sua mãe me abraçou enquanto seu pai caminhou para o quarto sem se despedir de mim.

Ele fala mas não diz, eu escuto mas não ouço.

Eu tremia no táxi levando aquele bebê que chorava. Sorte que naquela época ninguém pensava mal de um padre com uma criança no colo. Hoje, alguém de batina com uma criança no colo seria preso. Seus pais se mudaram em seguida com a menina para Bom Jesus, a cidadezinha de vocês.

Luiz ri perversamente, meu corpo congela. *Betina sabe de tudo, Alice. Ela só não sabe que você não sabe de nada. Você foi enganada e tenho pena de você. Tenho mais pena de você do que de mim agora. Porque eu estou indo e você ainda vai ter que enfrentar um mundo como esse.*

Só mais um detalhe. Ouça. Manoel me disse que me entregou a criança porque teve que entregar Adriana. E ela acabou morrendo da pior maneira. Ainda bem que ele morreu e que posso dizer tudo a você. Se você tivesse aparecido antes, ele teria matado você e não se casado com você.

Meus pés fincam no chão. De olhos fechados, Luiz me pede mais um pouco de tempo. *Não vá embora, Alice. Mais água,* diz ele quase sem conseguir. Eu lhe dou de beber um último gole. Ele bebe, engasga, para de respirar, sem dor, sem gemidos, sem estertor. A água escorre de sua boca e molha o travesseiro sujo.

Saio do apartamento sem fechar a porta. Alguém encontrará o cadáver, com sorte, antes que ele apodreça completamente.

#

Como se eu tivesse sido morta e meu cadáver não tivesse sido recolhido, me envolvo em um amargor de sangue apodrecido. Carrego meu corpo com as poucas forças que me restam de um tempo mal vivido que não cessa de se repetir.

Com a certeza de que indo devagar posso ter sucesso na caminhada, sigo até minha casa, pego a pesada urna de terracota com as cinzas de Manoel e caminho até o rio Pinheiros, ou o que um dia foi esse rio. Agora é um grande buraco no qual ratos mantêm seus ninhos em meio ao lixo urbano que começa a se acumular. Solto a urna com as cinzas de Manoel. Ela rola para baixo e se quebra ao encontrar uma pedra no meio do trajeto.

Como um funcionário que não questiona o trabalho para o qual foi contratado, atuo como a mulher de Manoel até sua morte. Como quem recebe e dá o que convém, parte do acordo tácito do que é viver junto a um homem depois de ter cumprido cada detalhe, depois de ter feito o óbvio que consiste em levar e trazer um copo d'água, em arrumar a cama, em lavar a louça, em organizar a casa inteira, em manter a roupa limpa, em providenciar o que comer e o que beber, depois de tudo eu o devolvo ao lixo de onde ele veio.

Eu me entrego ao meu destino como minha mãe se entregou ao dela, como cada mulher costuma fazer mesmo sabendo que, ao viver com um covarde, como no meu caso, ela mesma é uma covarde. Alguma coisa sempre sobra para cada uma. Somos herdeiras desses homens que nos fazem de carne de abate, rês, animal esgotado em seu cansaço de resistir como força de trabalho barata, que é, ao final, morta e comida, também pelos vermes. Depois de tudo, dos trabalhos prestados em troca de casa e alimento, finalizo minha última tarefa.

Então penso que estive com Manoel até o fim porque desisti desde o começo. Tendo me dito que delatei a todos e que ninguém mais falaria comigo, e como nunca mais ninguém falou comigo mesmo, e ele jamais desmentiu o que fez, tomo sua morte como parte essencial do que posso hoje chamar de liberdade.

#

Sigo para casa disposta a falar com Betina custe o que custar e esclarecer de vez sobre a verdade, mesmo que precise ir à China com João.

Lavo o rosto e as mãos antes de falar com o menino, que arruma uma mala no quarto.

Ele me diz que sua mãe telefonou e mandou o novo endereço. A rodoviária nesse horário está menos cheia, ele comenta. Vão ser três noites viajando.

Meu mundo cai. Um ônibus por três dias, é perigoso para um garoto. *Temos que levar dinheiro, Lúcia, uma sacola com frutas e água. Na rodoviária é caro demais*, ele me explica.

Não entendo. Pergunto para onde vamos. Ele me diz que é segredo, mas que seremos estranhamente felizes desta vez.

Agradecimento

A Rubens, pelo olhar atento com que leu meus originais.

Este livro foi composto na tipografia Minion
Pro, em corpo 11,5/15,5, e impresso em
papel off-white no Sistema Cameron da
Divisão Gráfica da Distribuidora Record.